책 읽기는 귀찮지만
독서는 해야 하는
너에게

『**일러두기**』

1. 여기에 실린 글은 엄마 김경민과 아들 김비주의 대화 내용을 김경민이 간추리고 정리해서 쓴 것입니다. 단, 프롤로그는 김경민이 쓰고 에필로그는 김비주가 썼습니다.

2. 실제 대화 말투를 살려서 쓴 것이므로 표기법에서 벗어난 표현이 일부 있습니다.

3. 본격 대화에 앞서 대화의 텍스트가 된 책 소개가 있습니다. 대화의 이해를 돕기 위해 문학은 줄거리를, 비문학은 책 내용을 간략하게 적었습니다. 문학 중에서도 비교적 최근에 나온 작품은 일부러 대화 후반부에 스포일러 표시를 해두었으니 참고하시기 바랍니다.

책 읽기는 귀찮지만
독서는 해야 하는
너에게

집 나간 독서력을 찾아줄 24편의 독서담

김경민 · 김비주 지음

우리학교

재미도 재미
나름이라니까!

시작은 그 망할 놈의 코로나였습니다. 2020년 3월, 김비주는 중2가 되었고, 정부는 코비드 19로 인한 초유의 개학 연기를 발표했습니다. 엄마인 저로서는 길고 긴 겨울 방학 끝에 드디어 아이가 학교에 가나 싶었는데 이게 웬 날벼락이란 말입니까. 중2 아들 김비주는 온종일 침대에 누워 스마트폰을 보며 낄낄거리고, 엄마인 저 김경민은 그 꼴을 보느라 속이 터질 지경이었습니다.

그전까지는 스마트폰 이용 시간 통제가 어느 정도 가능했지만, 학교도 못 가고 학원도 안 가는 상태로 집에서 넘쳐나는 시간을 주체 못 하는 중2 남자 청소년에게 더는 엄마의 통제가 먹히지 않았습니다. 스마트폰을 못 하는 시간에는 심심해서라도 책을 즐겨 보던 소년은 이제 더 이상 없고, 오로지 유튜브에 시간을 저당 잡히고 롤(리그 오브 레

전드)에 영혼을 빼앗긴 겜돌이가 되었습니다. 그나마 게임 시간에 대한 규제는 살아 있었다는 점이 다행이라면 다행이랄까요.

고민하던 엄마는 아들에게 엄마가 권하는 책을 읽고 잠깐 이야기를 함께 해 주면 그날부터 가장 가까운 주말의 게임 시간을 늘려 주겠노라는 제안을 하게 됩니다. 어차피 롤 게임을 안 하는 시간에는 유튜브만 들여다보고 있으니 차라리 이러는 편이 더 낫겠다 싶었던 거죠. 게임에 환장한 아들은 엄마의 제안을 수락했고, 초등학교 때까지는 책을 많이 읽어 독서 내공이 어느 정도 있었던 덕분인지 별 어려움 없이 한 권 한 권 대화가 진행되었습니다. 엄마는 그 대화를 기록 차원에서 페이스북에 몇 편 올렸는데, 재밌다며 책으로 내 보라는 댓글이 꽤 달렸습니다.

이 책은 이런 배경에서 나오게 됐습니다. 이 책에 실린 텍스트 24편 가운데 5편은 페이스북에 올렸던 것이고, 나머지 19편은 이 책을 계약한 2021년 7월 이후에 함께 읽은 것입니다. 비주는 대부분 처음 접한 책이지만 저는 두 번째 또는 세 번째로 읽게 된 책이지요. 여기에 소개된 스물네 권은 ① 청소년도 읽을 수 있을 만큼 크게 어렵지 않으면서, ② 읽고 나서 의미 있고 흥미로운 대화를 끌어낼 수 있는 책입니다. 물론 두 가지 조건을 다 충족해서 대화까지 했지만 아쉽게 빠진 책들도 있습니다. 제 예상과 달리 비주가 재미없어하거나 대화 내용이 제 기대보다 쓸 만하지 않은 책들은 뺐거든요. 그러니까 말하자면, 이 책에 실린 스물네 권은 재미와 의미를 모두 갖춘 책입니다.

이 책을 읽는 여러분이 우리와 같은 텍스트를 먼저 읽은 뒤에 우리 둘의 대화를 듣는다면 가장 좋겠지요. 그렇지만 그럴 시간과 여력이 없다면 일단 제가 정리한 각 책의 소개 글을 읽은 다음에 대화를 읽으면 됩니다. 대화를 듣고 '오, 이 책 재밌겠는데? 나도 한번 읽어 봐야지!'라는 마음이 든다면 저로서는 이 책을 쓴 작업이 매우 보람 있겠지요.

스마트폰은 정말이지 요물입니다. 이것만 있으면 온종일 심심하지 않습니다. 유튜브는 '보다 보면 보게' 됩니다. 전능하신 구글신(神)이 내려 주시는 알고리듬을 따라가다 보면 서너 시간 후딱 가지요. 게임은 정말이지 '미친 몰입'을 선사합니다. 게임을 하는 동안에는 집에 불이 나도 모를 지경이지요.

이에 견주면 책 읽기는 '약간의 의식적인 노력'이 필요한 일입니다. 예를 들어 장편 소설 한 권을 읽을 때 처음 50페이지 정도는 지루할 수 있습니다. 인물과 배경에 관한 기본적인 정보를 작가가 '깔아 줘야' 하거든요. 그렇지만 그 '깔아 주는' 구간만 지나면 유튜브나 게임과는 차원이 다른 재미와 몰입을 느낄 수 있습니다.

책을 읽어야 하는 이유로 흔히 제시되는 내용, 그러니까 사고력과 문해력의 향상, 상상력과 감수성의 확장 등등을 여기서 굳이 자세하게 설명하지 않겠습니다. 다들 그 사실을 몰라서 안 읽는 거 아니잖아요? 저는 다만 이 말만 하겠습니다. 책은 재밌고 몰입할 수 있기에 읽는 겁니다. 그 재미는 유튜브를 보는 재미와는 다른 결의 재미이고 게임을 할 때의 몰입과는 다른 차원의 몰입이지요. 정말입니다. 믿어 주세요!

아들이면서 공저자인 비주에게 사랑과 고마움을 전합니다. 저에게 책 출간 못지않게, 어쩌면 책 출간보다 더 큰 수확이 있다면 엄마 처지에서 아들의 생각과 내면을 더 깊이 이해하게 됐다는 점입니다. 솔직히 사춘기 아들과 엄마 사이의 일상 대화란 대체로 황량하지요. '얼른 일어나라(자라), 얼른(많이) 먹어라, 스마트폰 좀 그만 봐라, 게임 좀 그만해라, 숙제는 했니?' 같은 잔소리에서 무슨 대화가 가능하겠어요. 그렇다고 갑자기 진지하게 '행복이란 무엇인가', '정의란 무엇인가' 같은 주제로 대화하기에는 서로가 너무 뜬금없고 어색하지요. 그런데 책을 통해서는 이 일이 가능했습니다. 또한 이건 누구에게나 가능한 일이랍니다.

아울러 일러스트를 맡아 주신 임지이 작가에게 팬심을 담은 감사를, 둘의 대화를 처음 페이스북에 올렸을 때 재미있게 읽어 주고 또 응원해 준 친구들에게 우정을 담은 감사를 전합니다.

2022년 초가을,
김경민 씀

『차례』

제 아들 김비주를 소개합니다.

2022년 현재 고등학교 1학년인 남자 청소년.

가장 좋아하는 것은 게임이지만 세계사와 추리 소설, 천문학에도 흥미와 관심이 있다.

객관적이고 균형 있는 태도를 유지하기 위해 노력하며 극단적인 주장이나 선동, 음모론에 거부감이 있다.

언뜻 보면 무심한 성격 같은데 은근히 섬세한 구석이 있고 여덟 살 어린 여동생에게는 다정하고 친절한 오빠이다.

고집이 세어서 싫은 건 절대로 안 하지만, 다른 사람을 편견 없이 대하고 무엇보다 거짓말을 하지 않는 성품은 높이 평가할 만하다.

중2, 중3 때 추가 게임 시간을 보장 받는 조건으로 엄마가 권하는 책을 읽고 독후 활동으로 함께 대화를 했는데, 어쩌다 보니 이걸로 책까지 내게 되었다. (저자 소개이니 장점 위주로)

우리 엄마 김경민을 소개합니다.

작가이자 주부. 전직 고등학교 국어 선생님.

책을 다섯 권 냈는데 내가 읽은 책도 있고 안 읽은 책도 있다.

집안일을 하거나 동생을 돌볼 때 말고는 항상 뭔가를 읽거나 쓰고 있다.

기억력이 좋고 눈치가 빠르고 아는 것이 많다.

언뜻 보면 쿨한 것 같지만 은근히 뒤끝이 있어서(기억력이 좋음!) 조심해야 한다.

가끔 잔소리를 랩처럼 해서 피곤하게 하지만 나와 동생의 마음을 잘 헤아리고 존중해 주며(눈치가 빠름!), 말을 재밌게 하는(아는 것이 많음!) 유머러스한 엄마다. (마무리는 훈훈하게)

함께 읽은 책

『멋진 신세계』, 올더스 헉슬리, 이덕형 옮김, 문예출판사, 2018.

『파리대왕』, 윌리엄 골딩, 이덕형 옮김, 문예출판사, 1999.

『꽃들에게 희망을』, 트리나 폴러스, 김석희 옮김, 시공 주니어, 1999.

『필경사 바틀비』, 허먼 멜빌, 공진호 옮김, 문학동네, 2011.

『죽이고 싶은 아이』, 이꽃님, 우리학교, 2021.

『한중록』, 혜경궁 홍씨, 정병설 옮김, 문학동네, 2010.

『피그말리온 아이들』, 구병모, 창비, 2012.

『키르케』, 매들린 밀러, 이은선 옮김, 이봄, 2020.

『맥베스』, 윌리엄 셰익스피어, 권오숙 옮김, 열린책들, 2010.

『오이디푸스 왕』, 소포클레스, 천병희 옮김, 문예출판사, 2001.

『영원한 유산』, 심윤경, 문학동네, 2021.

『구운몽』, 김만중, 설성경 옮김, 책세상, 2003.

『 문학 』

전체 24편 중 문학이 절반이나 차지하네요. 보는 사람에 따라 너무 문학 위주의 선정이 아닌가 싶을 수도 있겠어요. 그런데 그럴 만한 이유가 있답니다. 일단 꽤 심오하고 까다로운 주제도 '이야기'라는 그릇에 담으면 읽을 만해 집니다. 이야기의 마법이지요. 그러기에 이 이야기로는 다루지 못할 주제가 없어요. 행복과 고통에 관해, 희망과 절망에 관해, 사실과 진실에 관해, 욕망과 도덕에 관해 그 본질까지 내려가 표현할 수 있는 것이 문학입니다. 인간은 선한 존재인가 악한 존재인가, 선함과 아름다움이 충돌할 때는 어떻게 해야 하나, 인간의 존엄함은 어디에서 오는가, 글을 쓴다는 것은 어떤 의미가 있는가에 대해서도 독자가 생각해 보게 만듭니다. 문학 파트에서 다루는 12편의 텍스트는 방금 말한 주제들을 다룹니다. 한국 문학도 있고 외국 문학도 있고, 2500년 전 작품부터 최근 작품까지 있습니다. 시간과 공간을 초월해서 인류가 고민해 온 문제와 끌어낸 대답을 한번 들어 봅시다.

『01』

이토록 섬뜩한 행복이라니!

『멋진 신세계』(올더스 헉슬리)

1932년에 올더스 헉슬리가 발표한 소설로, 전 세계가 단일한 국가로 통일되고 과학 기술이 극도로 발달한 미래 문명사회를 배경으로 한다. 이 사회에서 인간은 시험관에서 맞춤형으로 대량생산되는데, 배아 단계부터 알파·베타·감마·델타·엡실론이라는 다섯 계급으로 분류된 채 '병'에서 태어난다. 각각의 계급에 따라 산소 영양분을 조절해서 하층 계급으로 갈수록 지능과 체격이 열등한 모습을 보인다.

태어나기 전부터 다양하고 반복적이면서 치밀한 조건 반사 훈련과 수면 교육법을 거쳐 완벽하게 세뇌된 사람들은 자신의 계급과 직업에 아무런 불만도 품지 않으며, 노화와 질병도 겪지 않는다. 또한 '만인은 만인의 공유물'이라는 표어 아래 자유로운 성생활이 당연시되고, 오히려 한 사람만 사랑하는 게 스캔들이 되며, 임신과 출산, 부모와 자식 같은 단어가 몹시 외설적인 음담패설로 치부되는 사회이다. 왠지 따분하거나 우울하거나 비참한 기분이 들 때는 국가에서 공급하고 적극적으로 권장하는 마약 '소마'를 먹으면 된다. 열 가지 우울증을 한꺼번에 치료하면서 중독성도 없는 소마는 모든 불편한 생각과 감정을 없애 주는 마법의 약이다. 사람들은 이 소마를 늘 휴대하고 다니면서 상습적으로 먹는다.

이러한 문명사회에 '야만인 보호 구역'에서 태어나고 자란 존이라는 청년이 자신의 어머니 린다와 함께 들어오게 된다. '야만인 보호 구역'은 여러 불리한 조건 때문에 문명화 비용을 투입하지 않은 지역으로, 그곳에 사는 사람들은 임신을 통해 아이를 낳고, 노화와 질병의 고통을 겪는다.

존은 문명사회가 '멋진 신세계'이리라 잔뜩 기대하지만, 점차 이 세계에 의심과 환멸을 느낀다. 그가 보기에 문명사회에 사는 사람들은 행복한 존재가 아니라 어떤 감정이나 의심도 품지 않은 채 소마에 중독된 존재일 뿐이다. 결국 존의 어머니 린다는 소마 과다 복용으로 죽고, 충격을 받은 그는 소마 배급을 위해 모인 사람들 앞에서 창밖으로 약을 집어 던지다가 체포당해 총통 앞에 불려 가게 된다. 그는 총통에게 '불행해질 권리'를 요구하고, 얼마 뒤에 스스로 목숨을 끊는다.

이것부터 물어보지 않을 수 없군. 만일 네가 '멋진 신세계'에서 태어난다면 어떨 것 같아?

책을 읽으면서 초반에는 알파나 베타 계급으로 태어난다면 그리 나쁘진 않겠다고 생각했거든? 델타나 엡실론 계급으로 태어난다면 끔찍하겠지만. 근데 계속 읽다 보니 어느 계급으로 태어나더라도 으스스할 것 같아.

왜?

뭐랄까. 행복을 느끼긴 하는데 그게 진짜 행복은 아닌 것 같거든. 국가가 만들어서 일방적으로 사람들에게 주입한 행복이고, 사람들은 그게 진짜 행복인지 아닌지도 의심하지 못하는 지경이잖아. 나는 사람들이 다섯 계급으로 분류되어 태어난다는 설정 자체는 그렇게까지 놀랍지 않은데, 이 다섯 계급이 모두 자신의 계급에 완벽하게 만족한다는 설정이 놀라웠어. 소설에서는 이런저런 과학적 훈련과 세뇌 방식을 묘사하긴 하지만 그게 정말 가능할까 잘 상상이 되지 않아. 열등하게 태어나 위험하고 더럽고 힘든 노동을 하는 엡실론 계급 사람들이 '아, 나는 알파 계급으로 태어나지 않아서 얼마나 다행인가' 안심하게 만든다는 설정이 진심 소름 끼쳤어.

엄마도 그래. 그래서 작가가 그 세뇌 과정을 공들여서 자세히 묘사한 것 같기도 해. 이 문명사회의 핵심은 계급 사회 자체가 아니라 모든 계급이 전혀 불만을 품지 않는 사회라는 거니까.

근데 한편으로 생각해 보면 평생은 못 살겠지만 한 달 정도는 살아 보고 싶기도 해. 소마를 먹으면 대체 어떨까 궁금하거든. 3그램을 먹으면 달나라 가는 기분이 된다잖아.

엄마가 알려 줄까? 네가 게임 다섯 판을 내리 이겨서 승급된 직후의 상태, 뭐 그런 거 아닐까? 너 그럴 때 보면 진짜 행복해 보이거든. (웃음) 시험을 올백 맞아도 그렇게까지 기분이 날아가지는 않을 듯한데 말이지.

엄마가 게임을 잘 몰라서 그러는 것 같은데, 게임은 소마랑은 엄연히 다르다고요. 소마는 그냥 걱정과 불안을 없애 주는 거지만 게임은 잘 풀리지 않을 때 엄청 스트레스를 줘. 이겼을 때 기분이 좋은 이유는 어려운 걸 해냈다는 성취감이 들어서지, 소마 먹고 헤롱헤롱하는 게 아니라고. 게임 승급은 바로 피, 땀, 눈물의 결과라는 말이지.

아! 네네~, 그러시군요. 열심히 하세요. 그나저나 이 소설에서 완벽하게 기획되고 통제된 행복은 어떤 행복 같아?

그냥 아무런 근심 걱정 불만족이 없고 편안한 상태 아냐? 총통도 그렇게 말하잖아. "우리는 안락을 원한다"고. 사전에서는 행복을 뭐라고 정의해?

그러잖아도 엄마도 궁금해서 찾아봤는데, '생활에서 충분한 만족과 기쁨을 느끼어 흐뭇함, 또는 그러한 상태'라고 나오더라.

이렇게 정의해 놓으면 '충분한 만족과 기쁨'은 또 뭔가 싶어지
지만.

사람마다 충분한 만족과 기쁨을 느끼는 이유는 다 제각각이지
않을까? 이 소설 속 사회는 원하는 행복이 사람마다 다를 수
있다는 것 자체를 인정하지 않지만.

아까 어느 계급으로 태어나도 좀 으스스할 것 같다고 했잖아?
엄마는 그 으스스한 이유가 이 소설에서 제시한 행복이라는 것
이 너무 얄팍하기 때문이라고 봐. 아무 고민도 걱정도 없는 안
락한 생활만 보장되면 인간은 행복한가? 물론 안락한 생활은
아주 중요한 행복의 조건이지. 그렇지만 '안락=행복'이라고 해
버리면 심각한 문제가 생길 수 있음을 이 소설이 보여 주잖아.

맞아. 일단 자유가 없어. 그냥 자기한테 주어진 대로만, 세뇌당
한 채로 살잖아. 개인의 자유 의지를 인정하지 않는데, 이건 인
간을 존중하지 않는 거지.

그치. 자유가 없는 행복이 과연 행복일 수 있을까. 게다가 아
까 말했듯이 이 소설 속 행복은 그저 안락, 쾌락일 뿐이야. 만
일 행복을 이렇게만 본다면 엄마는 너랑 네 동생을 낳아서 행
복하지 않다는 게 되어 버려. 자식을 낳고 키우는 일은 안락과
는 거리가 먼일이니까. 물론 자식이 주는 특별한 기쁨, 그 기쁨
이 선사하는 우주가 분명히 있지만 그 못지않게 육아는 육체
적으로 고단하고 정신적으로 속상한 일의 연속이거든. 솔직히

엄마도 너 키우면서 소마를 한 바가지 먹고 싶을 때가 한두 번이 아니었다고!

(웃음) 아하! 바로 그래서 소설에서는 아이들이 엄마 배 속이 아니라 병에서 인공으로 부화하고, 가정이 아닌 사회에서 길러지는 거구먼!

그치. 그러니까 행복은 단순히 안락이 아니지. 부정적인 감정을 모두 제거하기 위해 소마를 배급받는 삶이 과연 존엄한 삶이라고 할 수 있을까? 인간의 존엄함을 인정하지 않는 행복이 과연 진짜 행복이겠냐고. 존이 문명사회에 환멸을 느끼게 되는 이유는 거기에 사는 사람들이 편안하기만 하지 존엄한 존재로 보이지 않아서잖아. 행복이란 불행이 원천적으로 제거된 상태가 아니라 불행마저도 삶의 한 부분으로 받아들여 풍부하고 두터워진 상태라고 봐. 아, 그러고 보니 내가 말했지만 이 표현 무지 마음에 든다. 풍부하고 두터운 삶! 엄마는 미끈하고 얄팍한 삶보다는 풍부하고 두터운 삶이 가치 있는 삶이라고 생각해.

그럼 엄마는 불행이 무섭지 않다는 거야?

그럴 리가! 당연히 무섭지. 그렇지만 불행을 완벽하게 회피할 방법은 없다는 사실을 일단 받아들이는 거지. 솔직히 엄마는 '사람은 행복하기 위해 태어났다'라는 말도 별로 마음에 안 들어. 행복이 과연 삶의 목적일 수 있나? 그렇다면 불행한 삶은 실패한 삶이라는 얘기잖아. 삶의 목적은 그냥 삶 자체라고 생각해. 행복에 집착하면 할수록 자신이 불행하다는 느낌에 빠지기 쉽다고도 보고. 중요한 것은 내가 지금 행복한가 불행한가에 조바심을 내는 게 아니라 존엄하고 가치 있는 삶을 살기 위해 노력하는 것 아닐까? 사실 이런 소설을 읽다 보면 좀 혼란스럽고 심란해지지. 이 심란함과 혼란은 당장 행복한 느낌과는 거리가 멀어 보이고. 그렇지만 이런 소설을 읽는 건 분명히 가치 있고 존엄한 삶을 위해서는 도움이 된다고 봐. 그래서 엄마가 너한테 이 소설을 추천한 거고.

난 별로 혼란스럽고 심란하지 않았고 재밌게 읽었어. '행복이 이렇게 섬뜩할 수 있구나' 하는 것도 느꼈고.

오오! 섬뜩한 행복이라는 표현 좋다! 제목부터 지독하게 반어적인 이 소설에 어울리는 표현이야. 요약하자면 이 소설은 '멋진 신세계'(반어)에서 주어지는 '섬뜩한 행복'(역설)이라고 할 수 있겠다.

요약 좋네. 나는 이 소설이 일단 제목부터 간지 나서 마음에 들어.

『**02**』

뽀로로 마을은 그저 환상일까

『파리대왕』(윌리엄 골딩)

1954년에 윌리엄 골딩이 발표한 첫 장편 소설이자 그에게 노벨문학상
을 안겨 준 작품이다.

  미래의 어느 시점, 핵전쟁을 피해 비행기를 타고 가던 영국 소년들
이 비행기 추락 사고로 무인도에 불시착한다. 소년들의 나이는 만 6세
에서 12세까지이고 스무 명 남짓으로 추정되지만 정확한 수는 소설에
나오지 않는다. 그들은 나이가 많고 어른스러운 느낌을 주는 랠프를
대장으로 선출하고, 구조될 때까지 질서를 지키면서 즐겁고 평화롭게
살기로 합의한다.

  모두가 회의에 참여해 자유롭고 민주적인 의사 결정을 하기 위해
그들이 생각해 낸 것은 바로 소라 껍데기를 잡은 사람이 발언을 하면
다른 이들은 발언을 방해하지 않고 경청하기로 하는 규칙이다. 또한

구조받기 위해 산정에 봉화를 피우기로 결정하는데, 이때 '새끼돼지'라는 별명으로 불리는(이름이 뭔지는 끝까지 알 수 없는) 아이의 안경을 햇빛을 모으는 볼록렌즈를 사용해 불을 얻는다.

처음에는 이런 질서가 그럭저럭 유지된다. 그런데 랠프에게 경쟁심을 느끼고 있던 잭이라는 아이가 자신을 추종하는 아이들과 멧돼지 사냥에 재미를 붙이면서 갈등이 생긴다. 과일과 해산물로만 배를 채우던 어린아이들에게 돼지고기는 참기 힘든 유혹. 처음엔 고기를 먹기 위해서라는 명분을 내걸고 사냥하던 잭 일당은 점점 살육 그 자체에 탐닉하는데, 급기야 사냥에 정신이 팔린 나머지 봉화를 꺼뜨리는 실수까지 저지른다. 이에 랠프는 잭을 비난하고, 잭은 고기(당장 눈앞에 보이는 실질적 이득)를 가져다주지도 못하면서 봉화와 회의에만 집착하는 랠프를 향한 증오의 감정을 숨기지 않는다.

시간이 지나면서 랠프와 잭 사이의 대립이 노골적으로 드러난다. 아이들은 점차 고기를 먹게 해 주는 잭의 패거리에 들어가고 랠프 곁에는 새끼돼지와 사이먼, 쌍둥이 형제인 샘과 에릭만 남는다. 잭 패거리는 얼굴에 진흙을 바르고 갖가지 색을 칠해 얼굴을 알아볼 수 없게 하는 등의 야만스러운 행동을 하면서 잔인한 사냥꾼이 되어 간다. 그들은 돼지머리를 긴 막대기 끝에 걸어 두는데, 잘린 돼지머리 위에는 시꺼먼 파리떼(파리대왕!)가 들끓는다.

그 무렵 아이들 사이에는 섬에 악마가 산다는 무서운 소문이 돌고, 사이먼은 그 악마가 바로 파리대왕이라는 사실을 알게 된다. 그런데

사이먼은 깜깜한 밤 갑자기 달려든 그를 그만 짐승으로 오인한 잭 패거리들에게 죽임을 당한다. 잭 패거리는 급기야 새끼돼지의 안경까지 강탈하고 이에 항의하는 새끼돼지를 잔인하게 죽인다. 그러고 나서 그들은 랠프마저 죽이려고 숲에 불을 지르고, 랠프는 그들에게 사냥감처럼 쫓기는 신세가 된다. 죽을힘을 다해 숲을 빠져나와 모래사장에 다다른 랠프의 눈앞에 제복을 입은 해군 장교가 나타난다. 이야기는 해군 장교를 마주친 랠프가 울음을 터뜨리는 장면으로 끝난다.

·····································

🙎 이야기가 좀 세지? 엄마도 30년 전, 그러니까 딱 네 나이에 처음 읽었는데, 읽으면서는 충격적이고 읽고 나서는 되게 심란했던 기억이 나.

🙎 그러니까 뭐야, 작가는 '인간은 본래 악하다' 뭐 이런 말을 하고 싶었을까?

🙎 그렇게 볼 수도 있겠지만 그것 말고도 아주 많은 의미와 상징을 깔고 있는 작품이지. 일단 네가 보기에 랠프는 무얼 상징하는 인물 같아?

🙎 한마디로 질서 아냐? 민주주의적인 질서.

🙎 그치. 질서, 문명, 제도, 상식, 민주주의, 이성… 뭐 이런 것을 대표하는 인물이지. 그렇다면 잭은?

당연히 그 반대겠지. 무질서, 야만, 폭력성, 독재, 광기, 잔인함 등등.

너는 둘 중에 어떤 것이 인간의 참모습이라고 생각해?

솔직히 잘 모르겠어. 모든 사람의 내면에는 잭과 같은 본성이 있을지도 모르지. 그렇지만 대부분은 랠프처럼 행동하려고 노력하잖아. 문제는 그 아이들이 있는 곳이 고립된 무인도라는 거야. 그 아이들이 그냥 학교에 다니고 있었다면 그러지는 못했겠지.

그치. 잭도 처음부터 잔인한 모습을 보이지는 않잖아. 심지어 소설 초반에는 자기 입으로 이렇게 말하기까지 해. 우리는 야만인이 아니고 영국 국민이라고. "영국 국민은 무슨 일이든 잘 해결해야 하고 정당한 일을 해야 한다"고.

그런데 결국엔 그 지경이 되는 걸 보면 문명이나 질서라는 게 참 허약하다는 말인가? 너무 쉽게 부서져 버리잖아.

그렇게 볼 수도 있겠지. 새끼돼지가 죽임을 당할 때 민주적인 회의를 상징하던 소라 껍데기가 함께 깨져 버리는 것을 보면 말이야. 그런데 이번에 읽으면서 새삼 느낀 점은, 랠프도 썩 완벽한 아이는 아니라는 거야. 30년 전에 읽었을 때는 잭과 극단적으로 대조되어 꽤 어른스러운 아이라고 생각했거든.

나는 랠프도 완벽하다는 생각이 전혀 안 들던데? 뭐랄까, 스스로를 잘났다고 여기는 것도 같고, 초반에 새끼돼지를 대하는 태도를 보면 배려심이나 이해심도 별로 없고, 무엇보다 독선적인 면이 있어. 잭이 랠프를 미워한 이유는 잭의 경쟁심과 승부욕이 강해서이기도 하지만 랠프의 그런 성격이 잭을 더 자극하지 않았을까 싶기도 해.

오, 30년 전의 엄마보다 우리 아들이 더 섬세하게 읽었네! 네가 말한 대로 문명과 질서라는 것도 우리가 믿는 것보다는 분명 허약한 면이 있어. 그런데 바로 그렇게 허약하기 때문에 무너지지 않게 신경 써야 하지 않을까 싶어. 안 그러면 잭 일당처럼 되니까.

그치. 그런데 아이들을 무인도에 풀어 놓으면 정말 이 지경이 되는 걸까 궁금해. 난 잘 모르겠거든.

그러잖아도 이와 관련해 얼마 전에 흥미로운 책을 읽었어. 뤼트허르 브레흐만이라는 네덜란드 저널리스트가 쓴 『휴먼카인드』라는 책인데, 이 책의 저자도 같은 궁금증을 품고 있었나 봐. 어른들이 없는 고립된 상황에 있다 보면 아이들이 정말 『파리대왕』처럼 되는 걸까. 그는 열심히 자료를 뒤진 끝에 실제로 일어난 비슷한 사건을 찾아내. 1965년 6월에 남태평양 통가라는 나라에 있는 기숙 학교 학생 여섯 명이 8일 동안 바다를 표류하다가 무인도에 정착한 사고가 있었대. 아이들은 열세 살부터 열여섯 살까지 소년들이었고, 거기서 장장 15개월을 살아. 그런데 놀랍게도 아무도 죽거나 다치지 않고 매우 건강한 모습으로 전부 구조됐어. 아이들은 15개월 동안 막대기를 비벼 불을 피우고 이런저런 도구를 만들어 영양실조에 걸리지 않고 잘 살았어. 물론 다투기도 했지만, 그럴 때는 일종의 '타임아웃'을 자체적으로 시행해서 폭력 없이 서로 화해하게 하는 규칙도 만들어 지키고.

오오, 정말? 뭔가 인류애가 살아나는 기분인데? (웃음)

엄마는 그 이야기를 읽다가 갑자기 뽀로로와 친구들이 생각나더라고? (웃음)

갑자기 웬 뽀로로?

네가 초등학교 6학년 때로 기억하는데, 네 동생이 뽀로로를 보고 있으니까 이런 말을 한 적이 있어. 아이들이 뽀로로 애니메이션을 좋아하는 이유는 부모와 어른이 한 명도 나오지 않기 때문이라고.

내가 그런 말을 했다고? 기억 안 나는데? (웃음) 근데 그러고 보니 정말 그런 것 같군.

뽀로로와 친구들도 섬에서 살잖아. 심지어 각자가 다 집이 있는 세대주야. (웃음) 다만 크롱은 뽀로로와 함께 살지. 크롱은 발달 장애가 있는 캐릭터로 보이는데, 친구들은 크롱을 놀리거나 무시하지 않고, 그렇다고 걱정하거나 동정하지도 않아. 그냥 자기 친구 중 한 명으로 대하지. 뽀로로와 함께 살게 하면서 도움이 필요할 때 도와줄 뿐이야. 그렇다고 해서 뽀로로도 크롱도 다른 친구들도 마냥 천사는 아니지. 저마다 개성이 뚜렷하고 장단점이 있다 보니 서로 다투기도 하고 오해도 하고 삐치기도 해. 가만 보면 갈등 상황이 예상보다 자주 나와. 그렇지만 그런 갈등을 결국엔 자기들 스스로 해결해.

듣고 보니 아주 이상적인 공동체네? (웃음) 그렇다면 대체 진실은 뭐지? 파리대왕이야 아니면 뽀로로와 친구들이야? 엄마는 어떻게 생각해?

글쎄? 둘 다 일면적 진실이 있는 게 아닐까? 『파리대왕』이 오랜 시간 많은 이들에게 읽히고 고전 반열에 오른 것도, 뽀로로가 뽀통령으로 등극해서 아이들의 사랑을 받는 것도 다 나름의 이유가 있다는 생각이 들거든. 인류가 저지른 범죄의 역사를 생각하면 파리대왕이 맞는 것 같다가도, 인류가 멸종하지 않고 지금껏 살아남은 걸 보면 뽀로로와 친구들이 맞는 것도 같고. 물론 뽀로로 마을은 판타지지. 그렇지만 판타지를 현실로 만들어 내는 게 진정한 진보 아니겠어? 너무 순진한 희망이고 낙관적인 믿음 같지만 그런 희망과 믿음도 없다면 우울하잖아. 현실은 현실대로 직시하되 우울에 빠지면 안 되니까.

뭐야…. 그런 대답은 나도 하겠네!

진짜 희망은 어디에서 오는가

『꽃들에게 희망을』(트리나 폴러스)

작가이자 조각가이며 사회 운동가이기도 한 트리나 폴러스가 쓰고 그림까지 그린 동화. 1972년에 처음 출간된 이래 50년 동안 여러 나라 언어로 번역되어 전 세계 독자들에게 꾸준히 사랑받고 있는 작품이다.

이 동화는 호랑 애벌레 한 마리가 알에서 깨어나 나뭇잎을 갉아 먹는 이야기로 시작한다. 먹기만 하던 호랑 애벌레는 먹고 자라는 것만이 전부는 아닐 거라는 생각을 하고 정든 나무에서 기어 내려와 길을 떠난다. 그러던 중 어디로 바삐 기어가는 애벌레 떼와 마주치는데, 그들을 따라간 곳에는 높은 기둥이 서 있다. 자세히 보니 그것은 저마다 높은 곳으로 올라가기 위해 서로의 몸을 밀치고 올라가 만든 애벌레 기둥.

호랑 애벌레는 호기심에 일단 그 기둥에 몸을 던져 다른 애벌레를 밟고 올라가기 시작한다. 그때 노랑 애벌레 한 마리를 만나 대화를 나누지만, 호랑 애벌레는 높은 곳으로 올라가고 싶은 욕심에 노랑 애벌레의 머리를 밟고 올라선다. 이내 죄책감을 느낀 호랑 애벌레는 노랑 애벌레에게 사과하고 둘은 애벌레 기둥을 내려오기로 결단한다. 기둥을 내려온 그들은 풀밭에서 놀며 서로 사랑을 나눈다.

　그러나 시간이 갈수록 호랑 애벌레는 그 기둥 꼭대기 위가 다시 궁금해지고, 노랑 애벌레에게 다시 올라가 보자고 제안한다. 노랑 애벌레는 그 제안을 거절하고 호랑 애벌레와 헤어진다. 노랑 애벌레는 슬픔에 빠져 정처 없이 헤매다가 늙은 애벌레 한 마리가 나뭇가지에 거꾸로 매달려 있는 모습을 보게 된다. 그것이 '나비'가 되기 위한 과정임을 알게 된 노랑 애벌레는 용기를 내 고치를 짜고 그 속으로 들어간다.

　한편, 꼭대기에 뭐가 있는지 알고 싶어 하던 호랑 애벌레는 드디어 기둥의 높은 곳에 오르는 데 성공하지만, 그 순간 충격적인 사실을 깨닫는다. 자신이 죽을힘을 다해 올랐던 기둥은 수천 개의 기둥 가운데 하나일 뿐이며, 막상 꼭대기에는 아무것도 없다는 사실을. 그때 호랑 애벌레 눈에 눈부신 노랑 날개를 가진 생명체 하나가 자유롭게 기둥 주위를 맴돌고 있는 광경이 들어온다. 호랑 애벌레는 그것이 한때 자신이 사랑했던 노랑 애벌레라는 것을 알게 된다. 결국 스스로 땅으로 내려온 호랑 애벌레는 노랑 애벌레가 알려 주는 대로 고치를 짜고 그 속으로 들어간다. 그리하여 드디어 나비가 된다.

이 책 읽는 데 얼마나 걸렸어?

20분? 30분? 암튼 금방 읽었어.

그치. 이 책은 초등학생도 쉽게 읽을 수 있을 거야.

글도 글이지만 그림이 단순하면서도 되게 강렬한 듯. 글을 최소화해서 영상으로 만들어도 좋겠어. 벌써 있는지도 모르지만.

너는 어떤 그림이 가장 인상적이었어?

굳이 하나를 고르자면 마지막에 호랑 애벌레도 나비가 되어 노랑나비랑 호랑나비가 함께 어울려 전체 페이지를 채운 그림. 엄마는?

호랑 애벌레가 젖 먹던 힘까지 짜내 다른 애벌레들을 밟고 올라 기둥 꼭대기에 다다랐을 때 보게 된 광경. 이 장면을 처음 봤을 때 엄마는 인상적인 정도가 아니라 소름이 끼치더라고. 무자비한 무한 경쟁 사회의 실상을 이 그림만큼 단적으로 표현한 이미지를 보지 못했거든.

나는 그 그림 보면서 좀 슬프기도 했어. 모두 나비가 되어 단번에 날아오를 수도 있는 애들이 그걸 모르고 서로를 밟으며 기어오르는 거니까. 기껏 꼭대기에 올랐더니 정작 거기엔 아무것도 없고 옆에서는 나비가 팔랑팔랑 날고 있으면 얼마나 허탈할까 싶고.

핵심은 그거지. 나비가 될 수 있는데 그걸 모르고 그저 꼭대기를 차지하는 애벌레가 되려 한다는 거. 날아오르면 되는데 기어오르는 거 말고는 생각을 못 한다는 거. 엄마는 이 책을 처음 읽었을 때는 호랑 애벌레에게 감정 이입을 많이 했던 것 같아. 엄마는 어릴 때 경쟁심이 강한 편이었거든. 지금은 별로 그렇지 않지만 말이야. 암튼 그래서 엄마는 네가 내 아들이지만 부러울 때가 있어.

(웃음) 내가 경쟁심이 없어서 부럽다고?

너는 남의 성적이나 성취에 그다지 관심이 없잖아. 경쟁심도 없고 공명심도 없고. 그래선지 그런 심리에서 오는 스트레스가 별로 없고. 부럽기도 하고, 엄마가 너를 높이 평가하고 좋아하는 이유 중 하나이기도 해. 아, 물론 욕심이 좀 더 있으면 좋겠다 싶을 때가 없지 않지만.

문득 궁금하네. 우리나라 아이들이 다른 나라 아이들보다 경쟁심이 강한가?

그런 편이라고 해. 예전에 사회학자 오찬호 씨가 쓴 책을 읽었는데 거기에 이런 내용이 있었어. 어느 방송국에서 학생들의 경쟁심을 나라별로 취재했는데, 외국인이 한국 대학생에게 언제부터 그런 경쟁심이 생겼는지 물어보자 그 학생은 이렇게 대답해. 초등학교 때 선생님이 100점 받은 친구 한 명만 일으켜서 박수받게 하는 걸 보고 1등을 하지 않으면 아무 소용이 없다는 걸 자연스레 깨우쳤다고. 그 말을 들은 외국인이 크게 놀라지. 다들 보는 앞에서 한 명만 일으켜 세워 박수를 받게 했다는 게 그 외국인에게는 너무 충격적이었던 거야.

정말? 나도 좀 놀라운걸? 나는 지금껏 학교 다니면서 그런 모습은 한 번도 본 적이 없어.

그렇구나. 엄마 학교 다닐 때는 매우 흔한 일이었거든. 100점 맞은 아이, 1등 한 아이를 공개적으로 칭찬하는 건 아주 당연한 일이라고 여기는 문화에서 학창 시절을 보냈어. 학부모는 물론이고 교사조차도 공교육이 지향해야 할 목표가 무엇이어야 하는지를 고민하지 않았지. 그나마 요즘엔 선생님들 인식은 많이 나아진 듯한데 학부모들은 별로 나아진 면이 없어. 그러다 보니 초등학교에서는 왜 시험을 안 보느냐며 불만과 불안을 드러내고 초등 1학년짜리에게 선행 학습을 시키는 일이 벌어지지. 외국인의 눈으로 대치동 학원가를 보면 어떤 느낌이 들까. 좀 이상한 정도를 넘어 엄청 기괴해 보일 것 같아. 뭐, 그런 학원가가 대치동뿐만 아니라 전국 방방곡곡에 있는 나라이지만.

나도 수학은 선행 학습을 하지만, 하면서도 가끔 이건 정상이 아닌 것 같다는 생각이 들어. 대체 언제부터 다들 이렇게 선행학습을 한 거지?

그러게. 엄마도 어쩌다 이 지경이 됐는지 모르겠어. 정부는 나름 이런 상황을 개선하겠다고 입시 정책을 이렇게도 저렇게도 바꿔 보지만, 이 책의 아이디어를 빌리자면 그래 봤자 애벌레가 다른 애벌레 밟고 기어 올라가는 규칙을 살짝 바꾸는 수준이 아닌가 싶거든. 입시에서 수시를 축소하고 정시를 확대하는 게 공정하다는 착각 또는 환상까지 듣고 있자면 한숨이 절로 나오고 말이지. 애벌레 기둥이 여전히 견고하다면, 애벌레를 나비가 아닌 그냥 애벌레로 두는 사회라면, 입시 정책 좀 바꾼다고 뭐가 얼마나 나아질까 싶어 착잡하지. 답이 없는 것 같아 절망적인 기분이 들기도 하고.

엄마 말을 듣고 보니 이 책 표지에 적혀 있는 "삶과 진정한 혁명에 대한, 그러나 무엇보다도 희망에 대한 이야기"라는 구절이 더 다가오네. 처음에 나는 무슨 동화에 혁명이라는 단어가 들어가나 했거든. 그런데 생각해 보니 애벌레가 기어오르는 대신 스스로 고치로 들어가 결국 나비가 되는 것이야말로 정말 혁명적인 일 같아. 혁명은 어떤 희망을 위한 것일 텐데, 수천 개의 애벌레 기둥으로는 희망이 없으니까.

그치. 그런 의미에서 이 책의 제목은 정말 의미심장해. 이 책의 내용을 한 줄로 요약하면 '애벌레가 나비가 되는 이야기'잖아. 그런데 제목엔 애벌레도 나비도 아닌 꽃이 들어가. 희망의 대상은 애벌레도 나비도 아닌 꽃이야. 원제는 'Hope for the flowers'이고. 작가가 제목을 왜 이렇게 정했을지는 짐작되지?

그야 애벌레가 나비가 돼야 화분(花粉)을 옮길 수 있으니까. 책에도 그런 말이 나온 것 같은데? 나비는 이 꽃에서 저 꽃으로 사랑의 씨앗을 날라다 준다, 그래서 땅과 하늘을 연결해 준다, 뭐 그런 내용.

오오, 꽃가루가 아니라 화분이라고 하니 왠지 되게 있어 보인다. '배운 중딩' 같아! (웃음)

(웃음) 아니, 지금 뭐라는 거야.

땅과 하늘을 연결해 준다는 말이 참 좋았어. 진짜 희망을 실현하려면, 그러니까 진정한 혁명을 이루려면 고작 '나'에서 멈추지 않고 '꽃'으로 상징되는 이 세상과 그 꽃을 거쳐 이어지는 생명의 순환에 기여해야 한다고 이 책은 말하고 있지. 엄마는 이 책을 여러 번 읽었는데, 쉽게 읽히지만 메시지는 만만치 않은 동화라고 느껴. 그렇기에 50년 동안 많은 이들에게 꾸준히 사랑받은 것 같고. 뭐, 벌써 고전 반열에 든 작품이지. 너도 나중에 다시 읽어 봐.

나중에 기회가 된다면. 여러 사람이 함께 읽고 얘기하면 더 좋은 동화 같기는 해.

『04』

안 하는 편을 선택하는 선택

『필경사 바틀비』(허먼 멜빌)

『모비 딕』의 작가 허먼 멜빌이 1853년에 발표한 중편 소설.

이 작품의 1인칭 화자인 '나'는 갈등 없고 안락한 삶을 지향하는 성공한 변호사다. 창밖을 내다보아도 온통 벽뿐인 월 스트리트에서 30년 동안 별문제 없이 일해 왔으며 미국 최고 갑부에게 의뢰받고 있기에 자기 삶에 만족하며 자부심이 강하다. 그런 그가 새로 고용한 필경사●의 이름은 바틀비. 이미 고용한 두 필경사가 마음에 들지 않았던 '나'는 온종일 묵묵하고 성실하게 일하는 바틀비를 보며 흡족해한다.

그런데 사흘째 되던 날, 필사하라는 지시에 바틀비는 "안 하는 편을 택하겠습니다"라는 황당한 답변을 한다. 그날부터 바틀비는 "안 하는

● 복사기가 없던 시절에 글씨 베껴 쓰는 일을 직업으로 한 사람.

편을 택하겠습니다"라고 말하며 모든 업무 지시를 거부한다. 거부하는 이유에 대한 해명도 일절 없다. 그런 바틀비에게 '나'는 당황스러움을 넘어 극도의 혼란과 분노와 혐오가 섞인 복잡한 감정을 느낀다. 그러면서도 '나'는 어떡하든 바틀비를 이해하려 애쓰며 그를 동정하기도하지만, 계속되는 그의 업무 거부에 질려 마침내 그에게 해고를 통보한다.

그런데 바틀비는 퇴사마저도 "안 하는 편을 택하겠습니다"라며 자기자리에서 꿈쩍도 하지 않는다. 분노한 '나'는 살인 충동까지 느끼지만, 바틀비를 내쫓기는커녕 오히려 자신이 도망치듯 사무실을 옮겨 버린다. 그럼에도 바틀비가 그 건물을 떠나지 않자 새로 입주한 사무실 주인이 난감해하며 '나'를 찾아오는 지경에 이른다. 마침내 건물주는 바틀비를 무단 거주 혐의로 경찰에 신고하고, 그는 체포되어 구치소에갇힌다. 수감된 바틀비는 식사마저 '안 하는 편을 택'하면서 교도소 벽을 마주한 채 죽는다.

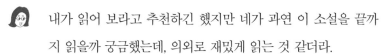

내가 읽어 보라고 추천하긴 했지만 네가 과연 이 소설을 끝까지 읽을까 궁금했는데, 의외로 재밌게 읽는 것 같더라.

왜 내가 재미없어할 거라고 생각했어?

서사 자체가 막 흥미진진하지는 않잖아. 이상하게 보이는 인물

안 하는 편을
선택하겠습니다.

현재로선 좀 합리적으로
안 되고 싶습니다.

먹지 않는 편을 택하겠습니다.

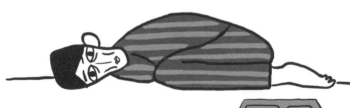

이 끝까지 이해할 수 없는 행동을 하다가 죽는 내용이라고 요약할 수도 있는 이야기니까.

엄마 말대로 막 흥미진진한 이야기는 아니지만, 뭐랄까… 되게 묘~~해.

묘해? 구체적으로 어떤 점이?

대체 바틀비는 왜 이러는 걸까. 끝까지 읽으면 알 수 있겠지 싶어서 읽었거든? 근데 결국 명확한 이유가 나오지 않고 바틀비가 죽으면서 끝나. 그런데도 허무하고 시시하지 않고 계속 여운이 남아. "하기 싫습니다" "안 하겠습니다"도 아니고 "안 하는 편을 택하겠습니다"라는 말이 참 골 때렸어. 그렇지만 뭐랄까, 힘이 느껴진다고 해야 하나, 은근히 중독적이라고 해야 하나. 암튼 이런저런 생각을 해 보게 만들어. 근데 "안 하는 편을 택하겠습니다"가 원서에는 뭐라고 되어 있어?

엄마도 궁금해서 찾아봤더니, "I would prefer not to."

흠…, 그러니까 하는 것보다 안 하는 편이 더 낫다고 생각해서 그걸 '선택'한다는 거네? 단순히 하기 싫거나 할 수가 없어서 안 하는 게 아니라?

그치. 말투만 공손할 뿐 단호한 의지가 들어간 표현이라 듣는 처지에선 황당한 일이고.

변호사 처지에서 생각해 보면 너무 황당하긴 하지. 나 같아도 순간 멘붕이 올 것 같아. 참고 또 참다가 해고 통보를 했는데

상대가 "그만두지 않는 편을 택하겠습니다"라고 하면 도대체 어떡해야 하느냐고. (웃음)

그걸 보면 일단 바틀비는 계약 자체를 거부하는 인물 같아. 현대 자본주의 질서는 계약에 기초하는데, 자기를 고용한 사람의 지시를 거부하는 것은 계약 위반이거든. 사무실에서 나가 달라는 요구를 거부하는 것은 사적 소유를 절대적으로 존중하는 자본주의에 정면으로 도전하는 것처럼 보여. 머리띠 두르고 파업하는 게 아니라 굉장히 소극적인 방식으로 도전하는 거지. 마지막에는 식사조차 거부하는데, 이게 삶을 포기한다기보다는 죽음을 적극적으로 선택하는 태도처럼 보이잖아.

엄마는 대체 바틀비가 왜 그랬다고 생각해? 마지막에 힌트가 나오는 것 같긴 한데.

힌트? 그게 뭔데?

바틀비가 예전에 사서(死書) 우편물, 그러니까 'Dead Letter'를 취급하는 일을 했다는 대목이 나오잖아. 책에 나온 설명을 보니 지금은 이걸 '배달 불능 우편물'이라고 한다던데. 발신자 또는 수신자의 주소가 잘못 적혔거나, 제대로 적었어도 양쪽이 이사를 가거나 사망한다든지 해서 반송도 되지 못한 우편물이라고. 암튼 그런 걸 분류하고 불태우는 일을 하다가 갑자기 해고당했다고. 그러고 보니 소설에서 바틀비는 줄곧 '유령'처럼 묘사되어 있어. 창백한 인상에다가 석고상 같고 주검 같다고.

오오, 너도 'Dead Letter'에 주목했구나! 네 말대로 데드 레터와 바틀비가 비슷한 이미지로 묘사되어 있지. 심지어 그가 죽는 교도소 이름이 '툼스(tombs)', 즉 무덤이야. 또 생각해 보면 이 소설의 배경이 되는 '월 스트리트'도 비슷해. 교도소에는 높은 담장이 있고, 월 스트리트에는 이름 그대로 사방에 벽이 있다고 묘사하잖아. 월 스트리트는 자본주의 질서를 상징하는 공간인데도 이 소설에선 활력이 없고 오히려 감옥이나 무덤처럼 그려져. 그래도 어쨌든 사람들은 그곳에서 무언가를 열심히 경쟁적으로 하는 걸 당연하다고 여기지. 오로지 딱 한 사람, 바틀비만이 다른 이들과 정반대로 '안 하는 편을 선택'하지만.

그런데 또 변호사의 태도가 묘해. 바틀비를 도저히 이해할 수 없어 하고 결국 해고하지만, 그렇다고 함부로 대하지는 않아. 기본적으로 동정하기도 하면서 좀 두려워하는 것 같고. 오죽하면 바틀비가 안 나가니까 자기 사무실을 버리고 도망치듯 이사를 가겠느냐고. 그러면서도 그를 걱정하고 궁금해하다가 마지막에 그가 죽었다는 소식에 진심으로 안타까워하잖아. 엄마가 보기에 변호사는 어떤 사람 같아?

이 책을 10여 년 전에 처음 읽었을 때는 어쩔 수 없이 바틀비라는 독특한 캐릭터에 집중할 수밖에 없었어. 근데 이번에는 결말을 다 아는 상태에서 읽다 보니 변호사에게 감정이 이입되더라고. 그는 그저 자신의 안락하고 풍족한 삶이 목표인 사람이야. 기존 사회 질서에 순응하면서 그 질서를 의심조차 하지 않는 사람이지. 그러면서도 좋은 사람으로 보이고 싶은 욕심까지 있는 사람이야. 솔직히 엄마는 변호사에게서 엄마 내면의 숨은 욕망을 발견한 것 같아 좀 찔렸어.

찔려? 왜?

변호사가 이런 말을 하는 대목이 나와. "난생처음 나는 감당할수 없을 정도로 가슴 아린 우수에 사로잡혔다. 지금까지는 기분 나쁘지 않을 정도의 슬픔밖에 겪어보지 못했다." '기분 나쁘지 않을 정도의 슬픔'이라니. 그냥 이 구절 하나로 어떤 사람인지가 보이는 거지. 그는 남들이 자기를 나쁘게 볼까 봐 꽤나 신경 쓰는 사람이야. 누구에게나 좋은 사람으로 보이고 싶어 하지. 그러다 보니 상식적이고 젠틀하게 행동해. 동정심도 웬만큼 있고. 그렇지만 엄마가 보기에 그는 한마디로 비겁하고 위선적인 인간이야. '기분 나쁘지 않을 정도의 슬픔'만 감당할 수있는 사람, 즉 타인을 동정하고 그에게 친절과 도움을 베풀 수는 있지만 타인의 슬픔이 자기 삶에 너무 깊이 들어오는 건 원하지 않는 사람이지. 고백하자면 엄마에게도 이런 면이 있어. 가끔 이런 비겁함과 위선을 감지할 때마다 엄마 자신에게 진절머리가 나.

흠…, 사람은 누구나 다 그렇지 않아? 전부 자기가 감당할 수있는 만큼만 감당할 수밖에 없잖아. 물론 나도 위선은 참 별로

이지만.

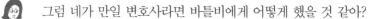 그럼 네가 만일 변호사라면 바틀비에게 어떻게 했을 것 같아?

사실 잘 모르겠어. 이해하려는 노력은 해 보겠지만 솔직히 자신은 없어. 엄마는 지금껏 살면서 바틀비 같은 사람을 만나 본 적 있어?

바틀비 같은 유형을 만나 본 적은 없고, 바틀비와 정반대 편에 있는데도 비슷한 슬픔이 느껴져서 내 마음을 아프게 한 친구는 있었어.

그래? 어떤 친군데?

고등학교 동창이자 대학 1학년 1학기 때 룸메이트였던 친구. 바틀비가 노동이나 경쟁 같은 자본주의적 질서를 정면으로 거부했다면, 그 친구는 스스로 매우 높은 성취 목표를 부여하고 그걸 이루기 위해 매 순간 죽을힘을 다해 노력했어. 누가 시키지도 않는데 끊임없이 자기 자신을 채찍질하는 캐릭터였지. 정말 똑똑한 친구였는데 사법 시험 준비하다가 뜻을 이루지 못하고 스스로 목숨을 끊었어. 이번에 이 책을 읽을 때는 이상하게 그 친구가 떠오르더라. 바틀비도 불쌍하고 그 친구도 불쌍해서 눈물이 좀 났어.

그런 친구가 있었어? 엄마 말대로 바틀비와는 정반대인데 왜 그 친구가 떠올랐는지는 알 것도 같아. 바틀비는 사회 질서를 정면으로 거부하다가 죽고, 그 친구는 너무 충실히 따르다가 죽은 셈이네.

너도 나중에 이 작품을 다시 한번 읽어 봐. 어른이 되어 생계를 위한 일을 할 때 이 책을 읽으면 또 보이는 게 있겠지. 예를 들면 '안 하는 편을 선택하는 선택'이 뭔지.

흠…, 그때가 되면 엄마 말대로 지금은 보지 못하는 걸 볼 것 같기는 해.

『05』

Fact is simple, but…

『죽이고 싶은 아이』(이꽃님)

『세계를 건너 너에게 갈게』라는 소설로 제8회 문학동네 청소년문학
상 대상을 받은 이꽃님 작가의 두 번째 소설.

고1 여고생 주연과 서은은 오랫동안 특별한 우정을 나눈 가까운 친
구 사이다. 어느 날 두 사람이 크게 싸우고, 학교 건물 뒤 공터에서 서
은이 시신으로 발견된다. 가장 유력한 살인 용의자로 주연이 체포되
고, 매스컴에서는 '학교에서 죽어 간 열일곱 살 소녀'라는 제목으로 화
제가 되면서 주연은 SNS상에서 친구를 죽인 악마로 마녀사냥을 당한
다. 그렇지만 주연은 그날 일을 아무리 기억하려 해도 도무지 기억이
나질 않는다.

이야기는 주연과 서은에 관해 증언하는 열일곱 명의 인터뷰와 주연
의 주변 인물들 이야기가 교차하는 방식으로 전개된다. 주연과 서은의

같은 반 친구, 담임 교사, 중학교 동창, 정신과 의사, 서은이가 아르바이트했던 편의점 점주, 서은의 남자 친구 등 열일곱 명은 인터뷰에서 주연과 서은이 어떤 아이였는지, 둘의 관계는 어땠는지를 모두 각각 다르게 증언한다. 주연 자신과 주연의 부모, 주연의 변호사, 주연을 관찰한 프로파일러, 서은의 엄마는 각자의 시점에서 자신의 감정과 자기가 사실이라고 믿는 바를 말한다. 인터뷰를 한 이들의 증언과 등장인물들의 고백이 이어질수록 사건의 실체는 미궁으로 빠지다가 결말에 이르러 사건의 실체가 드러난다.

작가는 이 작품을 통해 사실과 진실은 일치하는가, 진실의 근거는 사실인가 믿음인가, 믿음에서 자유로운 진실이라는 게 있는가, 대체 사실이라는 게 있기는 한가, 사람이 완벽한 진실을 아는 게 가능한가 등의 묵직한 질문을 던진다.

(작품의 결말 소개는 생략)

어땠어? 엄마 말대로 장난 아니지?

어. 자기 전에 조금만 읽고 자야지 했는데 결국 다 읽고 새벽 2시 반에 잤어.

그치. 책이 출간되자마자 영화화가 결정됐다고 광고 띠지에 적혀 있던데, 이런 소설은 먼저 찜하는 사람이 임자일 것 같아.

영화 공부를 하지 않은 엄마조차도 읽는 내내 시나리오를 읽는 느낌이 들면서 머릿속으로 영상이 좌라락 돌아가더라고. 너는 뭐가 가장 인상적이었어?

뭐긴 뭐야. 마지막 반전이지. 그런 반전일 줄은 생각도 못 했어. 마지막 챕터가 3페이지 반 정도인데, 그거 읽고 나니 앞의 내용이 아예 기억도 나지 않을 정도야.

누가 서은을 죽인 범인인가에만 집중하면 반전만 기억날 수도 있지. 그런데 이 소설은 그거 말고도 중요한 이야기를 하고 있잖아?

그치. 읽는 내내 사건의 진실이 뭘까 궁금하면서도 되게 씁쓸했어.

뭐가 씁쓸했는데?

사람들 말이 다 엇갈리잖아. 그런데도 다들 자기가 아는 것이 사실이라고 믿으니까. 문제는 그게 또 어쩔 수 없는 일 같다는 데 있지. 만일 내가 증언을 한다면 나 역시 주연이랑 서은이에 관해서 안다고 믿고 있는 걸 말하지 않겠어? 그렇지만 그게 사실이 아닐 수 있는 일이니까.

엄마도 그건 마찬가지야. 그래서 증언을 한다는 게 무섭기도 해. 그 증언이라는 게 그저 내 편견의 덩어리가 뭉쳐진 것일지도 모르는데 말이지. 넌 주연이랑 서은이 둘 중 누구에게 더 감정 이입이 됐어?

난 그 둘 모두에게 감정 이입이 어려웠어. 솔직히 둘 다 내가 이해하기 힘든 캐릭터니까. 그래도 굳이 고르자면 서은이보다는 주연이가 더 불쌍했어.

그건 좀 뜻밖이네? 일단 서은이는 가난하고 힘들게 살다가 죽기까지 했잖아. 그런데도 주연이가 더 불쌍했어?

물론 서은이도 불쌍하지. 그래도 서은이 엄마는 딸을 진심으로 사랑한 것 같아. 그런데 주연이 부모는 자기들 딸인데도 딸이 하는 말을 믿지 않잖아. 게다가 주연이는 죽지만 않았을 뿐이지 사회적으로 거의 매장당하고.

엄마도 그런 면에서 주연이가 참 불쌍하긴 했어. 분명 비난받을 구석이 있지만 잘 알지도 못하는 사람들이 일방적으로 매도하니까. 이런 게 마녀사냥이지 뭐야. 현실에서 이런 일이 자주 일어난다는 것도 참 심란하고 무섭고.

그래서 나는 기사 같은 데 달린 댓글을 잘 안 봐. 보고 있으면 기분이 나빠질 때가 많거든.

엄마도 페이스북을 보다 보면 이 세상엔 세일러문이 참 많다는 생각이 들어.

세일러문? 뭔 소리야?

세일러문이라는 캐릭터 몰라? 걔가 항상 그러잖아. "정의의 이름으로 널 용서치 않겠다!"

(웃음) 그렇구먼.

어느 책에서 읽었는데, 타인에게 '정의의 철퇴'를 가하면 뇌의 쾌락 중추가 자극을 받아 쾌락 물질인 도파민이 분비된대. 남을 단죄하면서 자신이 아주아주 정의로운 사람이 된 듯한 착각에 빠지거든. 이 쾌락이 배양되기 좋은 토양이자 이런 쾌락을 즐기는 사람들에게 매력적인 도구가 바로 SNS고. 물론 엄마한테도 이 세일러문 기질이 아예 없다고는 못 하지. 진짜 도저히 참을 수 없는 인간들이 있긴 있거든. (웃음)

그런데 엄마는 왜 페이스북을 해?

(웃음) 그러게? 그렇지만 그런 면만 있는 건 또 아니니까. 어떤 사안과 관련해 경청할 만한 주장과 사려 깊은 대안을 접하기도 하거든. 뭐든지 옥석만 잘 가리면 좋은 도구가 된다고 봐. 예를 들면 엄마는 코로나 시국에 전문성도 책임감도 없는 기자들이 마구 써 대는 기사는 되도록 거르고, 감염과 방역 분야 전문가들이 페이스북에 직접 쓴 글을 팔로우하면서 읽었어.

주의: 여기부터는 이 소설의 결말에 관한 스포일러가 있음.

그나저나 결말 이야기를 안 할 수가 없지. 결국 목격자가 나타나고 서은이는 살해된 게 아니라 목격자의 실수 때문에 사고로 죽은 거였지. 이 결말에 대한 평가는?

충격적이지만 너무 억지스럽지 않고 괜찮았어. 허무하다고 할 사람도 있겠지만, 나는 정교하게 짜 맞춰진 반전보다 이런 게 더 현실적이라고 봐. 현실에서 벌어지는 사건 사고라는 것들이 대체로 이런 종류니까. 그리고 나는 주연이랑 서은이보다 잠깐 나오는 목격자에게 더 감정 이입이 됐어. 내가 그 아이라면 어떻게 했을까.

그래? 너라면 어떻게 했을 것 같아?

(잠시 침묵) 나라면 사건이 벌어지자마자 바로 확인하고 119를 불렀을 것 같아. 아니라면 그 이튿날 죽은 걸 발견하자마자 증언했을 것 같아.

왜?

그냥 그게 마음이 편할 것 같으니까.

그렇구나. 근데 반전 결말 뒤에 작가가 덧붙인 한마디가 있잖아. "Fact is simple." 이 말은 어떻게 생각해?

물론 사실은 단순하지. 그렇지만 이런 소설 읽고 나면 좀 찜찜해. 이유는 모르겠지만.

엄마는 그 찜찜한 이유를 알지.

그래? 그게 뭔데?

언제나 사실은 단순하지만, 진실은 사실보다 대체로 훨씬 복잡하기 때문에.

아항!

『06』

고통을 기록한다는 것

『한중록』(혜경궁 홍씨)

사도세자의 부인이자 영조의 며느리이며 정조의 생모인 혜경궁 홍씨 (1735~1815)가 자신의 지난날을 돌아보며 쓴 기록으로, 크게 세 차례에 걸쳐 쓴 회고록을 묶은 책이다.

첫 번째 회고는 혜경궁 홍씨의 나이 61세 때인 1795년에 조카 홍수 영의 부탁을 받고 쓴 자서전 형식의 글이다. 어린 시절부터 궁궐에 들 어가서 겪은 일을 비교적 담담하게 써 내려간 기록이다.

두 번째 회고는 정조가 죽고 얼마 후인 1802년, 그의 나이 68세 때 순조의 생모이자 자신의 며느리인 가순궁에게서 자손들도 알 수 있게 끔 사도세자의 삶에 대해 들려달라는 부탁을 받고 쓴 것이다. 가장 많 이 알려지고 중요하게 평가받는 회고로, 사도세자와 영조의 갈등, 사 도세자가 미쳐 가는 과정, 사도세자가 아버지 영조의 명령으로 뒤주에 갇혀 죽은 사건인 임오화변(1762)의 내막을 몹시 안타깝고 한탄스러운 어조로 서술했다.

세 번째 회고는 자신의 친정을 변호하기 위한 목적으로 두 번째 회고와 거의 비슷한 시기에 기록했다. 정조가 죽고 어린 순조가 왕위에 올라 정순왕후의 수렴청정이 시작되면서 자신의 친정이 정치적으로 공격받게 되자 억울함을 항변하는 내용이 주를 이룬다.

이 『한중록』은 여러 출판사에서 출간했는데, 이 책에서는 정병설 교수가 옮기고 2010년에 문학동네에서 발간한 버전을 텍스트로 삼았다. 정병설 교수는 독자들의 편의를 위해 『한중록』의 순서를 다시 배열했다. 가장 유명하고 중요하게 다뤄지는 사도세자 이야기를 1부에, 혜경궁 자신의 일생에 관한 이야기는 2부에, 친정을 위한 변명은 3부에 배치했다. 김비주는 전체 3부 중 1부만 읽고 대화에 참여했음을 밝힌다.

 하…, 읽다가 숨 막혀서 죽는 줄 알았네!

 벌어진 사건 자체가 워낙 끔찍하긴 하지.

 사도세자가 뒤주에 갇혀 죽은 사건은 알고 있어서 새삼 더 끔찍할 건 없었어. 내가 숨이 막힌 이유는 영조 때문이야.

 엄마가 봐도 영조는 아버지로서는 최악의 캐릭터이긴 해. 아무

영조가 사도세자에게
대리청정을 지시하고….

나는 이제부터
지켜보기만
할 거야.

하지만 영조는 세자가 결정한
일에 사사건건 개입한다.

세자야, 대신들
의견도 들어가며
해야지!

물론
내 의견도!

세자가 대신들의 의견을 듣고
그 의견을 받아들여 결정하면,

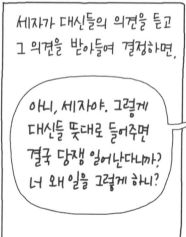

아니, 세자야. 그렇게
대신들 뜻대로 들어주면
결국 당쟁 일어난다니까?
너 왜 일을 그렇게 하니?

이래도 욕 먹고
저래도 욕 먹는
세자

저 보고
어쩌라고요?

리 조선 시대고 왕실이라는 특수성을 감안해도 어떻게 외아들을 어릴 때부터 그런 식으로 학대했을까 한숨이 나오지.

아들을 미치게 만든 사람이 아버지인데, 그 아버지라는 사람이 여러모로 정상은 아냐. 영조가 선왕이고 시아버지이다 보니 혜경궁 홍씨가 돌리고 돌려서 조심스럽게 말하고 있지만, 영조도 처음부터 정신적으로 건강한 사람은 아닌 것 같아.

영조 처지에서 들여다보면 또 그럴 만한 이유가 있긴 해. 정치적으로 완전히 제거될 위기를 몇 차례 겪고 천신만고 끝에 왕위에 올랐는데, 선왕인 경종을 독살했다는 혐의를 받았거든. 그러다 보니 극도로 예민하고 까칠한 성격에 유별난 편집증까지 있었던 거고.

뭐, 이해하려고 보면 이해할 수도 있겠지. 그렇지만 아무래도 나는 사도세자한테 감정 이입이 될 수밖에 없으니까.

가장 가슴 아픈 일은 뭐였어?

영조가 일방적으로 오해하고 추궁하는데 사도세자가 해명은 하지 않고 그냥 자포자기하는 심정이 되어 하지도 않은 일을 했다고 인정해 버리잖아. 오죽하면 그랬겠냐고. 그럴 수밖에 없었던 심정을 떠올리니까 너무 답답하고 불쌍했어. 의대병이라는 것도 그래. 옷 입은 것 때문에 자꾸 아버지한테 혼나니까 그런 극단적인 강박증이 생긴 게 아니겠어? 물론 그 과정에서 사도세자한테 죽임을 당한 사람들이 더 불쌍하지만. 그 사람들은 또 무슨 날벼락이야.

그랬구나. 엄마는 이 임오화변을 중1 땐가 무슨 책을 읽다가 우연히 처음 접하고는 너무 충격을 받았어. 칠십이 넘은 아버지가 스물여덟 살 외아들을 죽인 것도 충격인데 죽인 방식이 너무 엽기적이잖아. 그래서 『한중록』 말고도 이 사건과 관련된 이런저런 자료를 많이 찾아 읽었어. 사건의 실체적 진실을 알고 싶었거든.

그래? 그렇다면 질문. 왜 죽이기까지 했어? 사도세자가 결코 왕위를 물려받을 수 없는 상태였다는 건 나도 충분히 이해돼. 그렇다면 그냥 세자 지위를 박탈하고 외딴섬으로 유배 보내도 되잖아.

정확한 이유는 영조만 알겠지만 이런저런 추측은 해 볼 수 있겠지. 엄마 생각엔 이런 이유였을 것 같아. 당시에 영조는 이미 칠순이 넘은 노인이었어. 그 시절의 기대 수명을 생각하면 당장 내일 어떻게 될지 모르는 나이였지. 그런데 아들을 살려 둔 상태에서 손자가 왕위에 오른다고 해 봐. 그때 손자 나이는 겨우 열한 살이야. 자기가 죽고 나면 어떤 일이 벌어질지 예측할 수 없는 거지. 자기가 좀 더 살아서 손자가 장성한 뒤에 왕위에 오른다고 하더라도 아들이 살아 있다면 안심할 수 없고. 왕의 살아 있는 아버지라는 게 되게 애매한 존재잖아? 심지어 그 아버지가 유배 상태의 죄인이라면.

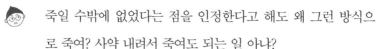

죽일 수밖에 없었다는 점을 인정한다고 해도 왜 그런 방식으로 죽여? 사약 내려서 죽여도 되는 일 아냐?

뭐, 그것도 정확한 이유는 영조만 알겠지. 그런데 곰곰 생각해 보면 영조가 분노 조절 장애 상태에서 우발적으로 죽인 게 아니라 아주 치밀하게 계산해서 선택한 방식 같아. 조선 시대에 역적의 자식은 역적이야. 자기 아들이 역적이면 손자까지 역적이 된다고. 그렇다 보니 정식으로 심문해서 역적으로 재판하는 방식을 택하지 않고 괜히 정성왕후, 그러니까 생전에 사이도 좋지 않았던 죽은 부인의 혼령까지 끌어들여 반란 어쩌고 운운하며 아들을 몰아가잖아. 혼령이 말하는 건 법적 효력이 없으니까. 그리고 그때는 죄와 형벌이 긴밀하게 연동되어 있었어. 어떤 죄인이 A라는 형벌을 받았다면 A라는 형벌에 맞는 죄를 지은 거야. 그때는 왕족이 역모죄를 지으면 보통 사약을 받았지. 만일 아들에게 사약을 내리면 아들이 역적임을 공식적으로 발표하는 셈이고 자동으로 손자까지 역적이 돼. 그런데 뒤주에 가둬 죽이는 형벌은 법전에 없었어. 그런 형벌을 받은 죄인에게 맞는 죄가 딱히 없었다는 뜻이지. 영조는 이 모든 걸 고민한 끝에 그런 결정을 내린 게 아닐까 싶어. 물론 엄마 추측이지만.

으으으, 그러잖아도 이 책 읽고 영조가 싫어졌는데 방금 엄마 말 듣고 나니 더 싫어지네. 무슨 '고기능 소시오패스' 같아.

컥! (웃음) 뭐, 그렇게 볼 수도 있겠지. 그렇지만 영조를 아버지가 아닌 일국의 통치자로 보면 그런 기질이 업무를 수행하는 데 장점으로 작용하지 않았을까? 암튼 사도세자와 영조의 이야기는 이 정도에서 정리하기로 하고, 이 『한중록』을 쓴 혜경궁 홍씨 이야기를 해 보자. 네가 보기에 혜경궁은 어떤 사람 같아?

한마디로 대단한 사람.

어떤 면에서?

일단 기억력이 엄청나. 몇십 년 전 일을 마치 어제 일처럼 생생하게 썼잖아.

엄마도 완전 동감. 실제로 정조가 자신의 어머니는 기억력이 비상하고 총명해서 한 번 들은 말은 절대 잊어버리지 않는다는 말을 했다고 해.

기억력도 기억력이지만 아마 그때그때 메모도 하지 않았을까? 지금 시대에 태어났으면 베스트셀러 작가가 됐을 거야.

『한중록』이 몇백 년의 시간을 이기고 살아남은 고전이 됐으니 작가 맞지. 그런데 『한중록』이 좋은 평가만 받는 건 아냐. 혜경궁 홍씨가 자신의 친정을 변호하기 위해 쓴 책일 뿐이라고 폄하하는 시각도 있어. 실제로 너는 읽지 않은 3부를 보면 온통 자기 친정이 얼마나 억울한 일을 당했나를 구구절절 아주 격정적으로 썼거든. 자기 친정을 이렇게 만든 정적들, 대표적으로는 정순왕후의 친정인 김씨 가문을 악의 축으로 설정하고 이야기를 선악 구도로 풀어 가고 있어.

아, 그러고 보니 내가 읽은 사도세자 부분에서도 자신의 아버지를 필요 이상으로 자주 언급했던 것 같아. 자기 아버지는 정말 충성스러운 신하이자 사위를 걱정하는 장인이었고, 사도세자는 그런 장인을 믿고 의지했다고.

나중에 정조가 왕위에 올랐을 때 뒤주 아이디어를 낸 사람이 혜경궁의 아버지 홍봉한이라는 설이 돌았다고 해. 실제로 정조는 외가를 좋아하지 않았고.

정말? 소오오름! 『한중록』에서는 홍봉한이 사도세자가 죽을 당시에 현장에 없었다고 했는데.

현장에 있었다는 게 역사적 팩트야. 그렇지만 홍봉한이 뒤주 아이디어를 내고 영조가 사도세자를 죽이게 부추겼다는 건 확인된 팩트가 아냐. 상황이 이미 돌이킬 수 없게 되었다는 걸 알고 방관했다는 추측 정도는 합리적이지만, 『한중록』은 중립적이고 객관적인 역사서가 아니야. 완전히 중립적이고 객관적인 역사라는 것 자체가 가능한지도 의심스럽지만, 『한중록』은 어디까지나 한 개인이 자신의 처지에서 '진실'이라고 믿은 것을 기록한 수필 문학으로 봐야 한다는 뜻이지. 그런 측면에서 보면 몇몇 부분에서 역사적 사실과 어긋나는 지점들이 있다는 이유로 이 기록 전체를 의심하고 폄하하는 태도는 부적절하다고 봐. 특히 네가 읽은 1부는 역사적 자료로서도 가치가 상당히 커. 묘사된 사건들이 실록과 일치하면서 실록만으로는 알 수 없는 디테일까지 아주 구체적으로 기술되어 있으니까. 이런 엄연한 사실을 부정하면 혜경궁 홍씨를 두고 '아들을 지키기 위해 남편을 버린(!)' 여자 어쩌고 하는 평가를 하게 되지. 우리가 읽은 이 책 말고 다른 출판사에서 나온 책에는 방금 이 말을 광고 띠지에 박아 놓았더라고. 기가 막혀서, 원.

그렇군. 하긴 적어도 내가 읽은 1부를 보면 전반적으로 남편 사도세자에 대한 안타까움이 진하게 깔려 있는 것 같아. 시아버지의 학대 탓에 점점 미쳐 가던 남편이 결국엔 최소 100명을 넘게 죽인 사이코패스 연쇄 살인마가 된 과정을 지켜봐야 하는데, 얼마나 조마조마했겠냐고.

너도 읽어서 알겠지만 사도세자가 죽인 사람 중에는 그가 사랑하던 첩도 있었어. 심지어 그 사람은 사도세자의 아들까지 낳았다고. 혜경궁도 남편이 던진 바둑판에 눈을 맞아 중상을 입은 적이 있고. 실제로 혜경궁은 남편으로부터 생명의 위협을 느끼며 살아야 했지. "죽어서 아무것도 모르고 싶다"는 말을 여러 번 하는데, 그게 솔직한 심정이었을 거야. 아들 정조만 없었다면 스스로 목숨을 끊었을지도 모르고.

그러고 보니 사도세자의 생모인 선희궁은 과연 어떤 심정이었을지….

그치. 임오화변이 워낙 비극적인 사건이고 이 비극의 희생자가 일차적으로는 사도세자이지만, 엄마는 읽을 때마다 혜경궁과 선희궁의 고통이 되게 구체적으로 느껴지더라. 장차 왕위를 이를 세자와 세손의 생모면 뭐 하냐고. 그 참극을 속수무책으로 바라볼 수밖에 없는데. 임오화변은 정치적 사건인 동시에 비극적인 가족사로도 볼 수 있잖아. 그들은 자신의 남편이 아들을, 자신의 시아버지가 남편을 죽이는 모습을 봤던 거야. 심지어 선희궁은 자신이 낳은 아들을 죽이라고 남편에게 직접 부탁했지. 옳고 그름을 떠나 그럴 수밖에 없었던 심정이 오죽했겠어.

나도 읽으면서 이 기록이 어지간한 소설보다 더 몰입되더라고. 그 이유가 이 글을 쓴 혜경궁이 사도세자의 고통뿐 아니라 자신의 고통까지 생생하고 절절하게 그려 내서인 것 같아. 그래서 상식적으로는 이해할 수 없는 비극도 어느 정도는 납득이 된다고 할까.

어쩌면 그것이야말로 글쓰기의 힘이 아닐까. 이런 말이 있어. "고통은 그것을 글로 쓰는 순간 더 이상 고통만은 아니게 된다." 혜경궁 홍씨는 그걸 해낸 거지.

오, 방금 그 말 좋아. 공감되고.

『07』

사람이 사람을 만들 수 있다는 망상

『피그말리온 아이들』(구병모)

2012년에 구병모가 발표한 청소년 소설. 낙인도라는 섬에 지어진 학교 로젠탈 스쿨을 배경으로 벌어지는 이야기다. 로젠탈 스쿨은 주로 부모가 범죄자, 전과자여서 제대로 된 돌봄과 지원을 받을 수 없는 청소년들을 위한 기숙 학교로, 설립된 지 10여 년이 지났지만 언론에 한 번도 노출되지 않은 곳이다. 프리랜서 다큐멘터리 피디인 '마'는 로젠탈 스쿨에 관심이 생겨 그곳을 취재하기로 결심하고, 기자 친구의 도움으로 학교 이사장에게 어렵사리 허락을 받아 촬영 감독 '곽'과 함께 낙인도로 들어간다.

　로젠탈 스쿨이 외부에 공개되는 것을 처음부터 강하게 반대한 교장은 촬영하는 동안 마와 곽의 휴대폰 사용을 금지하고 촬영 장소와 인터뷰 장소를 제한한다. 또한 자신의 비서 일을 보던 학생 은휘에게 이들을 철저히 감시하게 한다. 학교는 학생들에게 직업 훈련을 전문적으로 시키는데, 겉으로 보기에 시설이 깨끗하고 복지가 좋은 편이며 커리큘럼이 훌륭해서 나무랄 데가 없다. 인터뷰에 응한 학생들도 모두 하나같이 '너도 할 수 있다'고 용기를 주는 학교와 선생님들 덕에 자기가 사람이 됐다며 찬사를 쏟아 낸다.

그런데 마는 인터뷰를 하면 할수록 학생들에게서 느껴지는 묘한 부자연스러움과 억압의 흔적을 감지하고 의심을 품는다. 이 과정에서 은휘가 그에게 몰래 도움을 준다. 그런 와중에 촬영 감독 곽은 학생들 간의 폭력적인 싸움과 그 싸움을 더 폭력적인 방식으로 처벌하는 교사를 우연히 목격하고 이를 몰래 촬영하는데, 이걸 알게 된 교사에 의해 학교 지하실에 갇힌다. 또한 이 사실을 알게 된 교장은 마가 그동안 취재한 내용을 모두 압수하라고 교사들에게 지시하고, 마는 자신을 해치려고 쫓아오는 이들을 피해서 학교를 가까스로 탈출해 산속으로 달아난다.

(작품의 결말 소개는 생략)

 어땠어? 엄마가 말한 대로 재밌지?

 응, 재밌었어. 사실 어젯밤에 한 50페이지만 읽고 자려고 했는데, 중간에 끊을 수가 없었어. 으으으, 심장이 막 쫄리더라고.

그니까. 이야기를 끌어가는 작가의 솜씨가 대단한 것 같아. 읽다 보면 작가에게 막 멱살 잡혀서 끌려가는 기분이더라.

(웃음) 맞아. 좀 지루해지나 싶은 순간에 긴장을 확 높이는 기술이 있는 것 같아.

그거 말고 또 뭐가 좋았어?

한 세계를 창조해 내는 거? 이건 가상 공간인 섬과 학교에서 벌어지는 사건이잖아. 근데 그 섬이랑 학교를 바로 눈앞에서 보는 것처럼 묘사한 점이 놀라웠어. 특히 학교 구조가 엄청 자세하게 그려져서 마치 두 시간짜리 스릴러 영화를 보는 느낌이었어.

그치. 엄마는 공간 지각 능력이 꽝이라 그런 능력이 더 대단해 보여.

그런 점은 뛰어난데 인물 묘사는 좀 아쉬운 듯? 거기에 나오는 학생들 있잖아. 특히 교장 비서 은휘 말이야. 어떤 애가 그 나이에 그런 말투로 말을 해? 그리고 너~무 똑똑해. 문제 해결 능력이 무슨 첩보 영화에 나오는 엘리트 정보 요원 수준이야.

(웃음) 사실 그런 면이 있지. 근데 이야기를 끌고 가려면 어쩔 수 없을 것 같아. 너나 네 주변에 있는 '현실 중딩'이라고 상상해 봐라. 이야기가 어떻게 될지.

(웃음) 그건 그래.

그럼 소설 내용을 본격적으로 얘기해 보자. 일단 제목 '피그말리온'이 뭔지는 알지?

응, 그리스-로마 신화에서 읽었어. 자신이 완벽하게 이상적이라고 생각하는 여성을 조각해서 그 조각과 사랑에 빠진 인물 맞지?

맞아. 피그말리온은 아프로디테 여신에게 이 조각과 결혼하게 해 달라고 빌고, 아프로디테는 그 소원을 들어주지. 그래서 둘은 행복하게 살았다나 뭐라나. 엄마는 그 신화의 결말이 해피엔드인 게 좀 별로야. 그건 아무리 생각해도 건강한 사랑이 아닌 것 같은데 말이지.

난 그런 사랑이 건강한지 아닌지는 잘 모르겠지만, 이 소설 제목으로 피그말리온이 딱 맞는 것 같기는 해.

어째서?

교장은 마치 피그말리온처럼 학생들을 완벽하게 자신이 원하는 모습으로 조각할 수 있다고 확신하잖아. 그게 말이 안 되는데도 그렇게 믿으면서 학생들을 지옥 속에서 살게 하니까.

그치. 어쩌면 그 믿음이 교장을 괴물로 만들었겠지. 게다가 그 괴물에겐 절대 권력까지 있고. 고립된 섬에 있는, 누구의 견제도 받지 않는 학교에서 마치 왕처럼 신처럼 군림하면서 절대 권력을 휘두르지. 근데 이건 소설에 나오는 얘기만은 아니라는 점이 무섭고 슬퍼.

맞아. 소설에 나오는 학교는 아주 극단적인 경우지만 모든 학교엔 그런 점이 있어.

이 학교 이름이 '로젠탈'이라는 것도 의미심장해. 혹시 '로젠탈 효과'라는 말 들어 봤어?

아니, 처음 들어 봐. 그게 뭔데?

교육학에서 칭찬의 긍정적 효과를 설명하는 용어야. 로버트 로젠탈이라는 미국의 심리학자가 한 실험인데, 한 초등학교에서 학생들을 무작위로 뽑아 그 명단을 교사에게 주면서 지능 지수가 높은 학생들이라고 거짓말을 했대. 그런데 그 명단에 오른 학생들이 얼마 후에 실제로 다른 학생들보다 평균 점수가 높아졌다고 해. 교사들이 명단에 오른 학생들에게 기대와 칭찬을 더 많이 했기 때문이지. 근데 이 로젠탈 효과를 피그말리온 효과라고도 하거든. 한 가지 더! 이 학교가 위치한 섬 이름이 하필 '낙인도'라는 것도 의미심장해. '낙인 효과'라는 말은 들어 봤지?

응, 들어 봤어. 많은 사람들이 누구를 별 근거도 없이 부정적인 눈으로 바라보면 그 사람이 결국엔 부정적인 모습으로 행동하게 된다, 뭐 그런 거 아냐?

맞아. 이 낙인 효과는 흔히 피그말리온 효과나 로젠탈 효과와는 반대되는 개념으로 제시되지만 본질적인 구조는 같다고 볼 수 있지. 긍정적 기대냐 부정적 기대냐 하는 점만 다를 뿐, 사람이 다른 사람을 원하는 모습으로 만들어 낼 수 있다는 거고,

사람이 저도 모르게 다른 사람에 의해 조각처럼 깎일 수 있다는 거니까.

그러네. 제목과 배경 이름이 모두 상징적이네.

학교뿐 아니라 넓게는 이 사회 전체, 좁게는 가정도 마찬가지야. 엄마를 포함해 부모들에게는 이런 욕망이 있어. 내 자식에게 원하는 상이 있고, 그 상에 맞게 키우고 싶은 욕망 말이야. 그 욕망이 자식을 불행하게 만들 수 있는데도 그 욕망에서 완전히 자유롭기는 힘들어. 엄마도 때때로 고민하는 문제야.

하긴 그래. 엄마에게도 그런 면이 있어. 그러지 않으려고 조심하는 것 같긴 하지만.

쿨하게 인정! 그렇지만 엄마가 나름 노력하고 있다는 점은 좀 알아줬으면 해. 이제 결말 이야기를 해 봐야 할 듯.

주의: 여기부터는 이 소설의 결말에 관한 스포일러가 있음.

결말은 너무너무 마음에 안 들어! 으으으, 그게 뭐야?

그래? 왜?

결국 가장 나쁜 놈인 교장은 처벌을 피하잖아. 검사들이 기소하는 건 찌질하게 나쁜 놈들, 교장이 시키는 대로만 했던 똘마니 교사들이잖아. 그게 뭐냐고!

씁쓸하긴 하지. 근데 그게 현실에 가까우니까 작가도 현실을 택한 거 아닐까? 거대한 범죄가 밝혀져도 꼬리 자르기에서 끝나는 경우가 워낙 허다하니까.

가슴 졸이며 읽다가 드디어 해결되는구나 싶었는데 결말이 그러니 더 실망스럽더라고. 특히 은휘가 계속 교장을 봐야 한다는 걸 은휘 처지에서 생각해 보니 너무 무서워. 은휘는 교장한테 찍힌 정도가 아니라 당장 죽여 버리고 싶은 원수처럼 취급당할 텐데, 앞으로 걔는 어떻게 사느냐고. 걔라도 그 섬을 탈출시켜야 했다고 봐.

엄마도 같은 생각을 하긴 했어. 근데 만일 은휘가 육지로 탈출했다고 가정하면 걔는 어떻게 살 수 있을까? 은휘뿐 아니라 그 학교 학생들은? 이 사회가 그 아이들을 충분히 배려하고 돌볼 수 있을까? 부모에게서 버림받은 그 아이들을 처음부터 이 사회가 잘 받아들였다면 교장도 그런 학교를 세우고 자신의 망상을 펼치진 못했겠지. 그런 데까지 생각이 미치면 더 갑갑하고 슬퍼.

(잠시 침묵) 그러네. 읽기는 재밌게 읽었는데, 읽고 나니 머릿속이 더 복잡해지네.

『08』

마녀는 아무나 되나

『키르케』(매들린 밀러)

고전학을 전공한 미국의 작가 매들린 밀러가 호메로스의 『오디세이아』를 재해석해서 쓴 소설. 그리스-로마 신화와 『오디세이아』에서는 조연으로 잠깐 등장하는 마녀 키르케를 주인공으로 설정해 그의 내면을 추론하고 일대기를 상상해서 쓴 작품이다.

키르케는 타탄 신족인 태양신 헬리오스와 님프 페르페 사이의 큰딸로 태어난다. 헬리오스의 딸이지만 그의 신분은 '하급 여신 중에서도 가장 말단'인 님프로, 겨우 영생을 보장받은 정도 말고는 별다른 능력이 없다. 게다가 그는 외모가 빼어난 여동생과 주변의 기대를 받는 남동생들에 가려져 수시로 멸시와 조롱을 받는 외톨이 처지다. 그러던 중 키르케는 어느 인간 남자를 사랑하게 되는데, 그를 신으로 만들려 하다가 자신에게 마법을 부리는 능력이 있음을 우연히 알아차린다.

그러나 그 남자는 신이 되자 키르케를 배신하고 스킬라라는 다른 여성을 사랑한다. 화가 난 키르케는 순간적으로 분노를 참지 못하고 스킬라를 괴물로 만들어 버린다. 죄책감을 느낀 그는 아버지에게 자기 죄를 자백하고 무인도에 혼자 갇혀 사는 벌을 받는다. 외로움과 무서움을 이겨 내고 섬에 적응한 키르케는 무인도에서 마법을 열심히 연마해 점차 유능한 마녀가 되어 간다. 가끔 표류하던 선원들이 그 섬에 도착하는데, 그들은 하나같이 키르케를 강간하려 한다. 키르케는 마법을 써서 그들을 모두 돼지로 만들어 버린다.

그러던 어느 날 또 한 무리의 선원들이 찾아오고 같은 짓을 하려 해서 돼지로 만들어 버렸는데, 한 남자가 자기 부하들을 찾는다고 키르케의 집에 찾아온다. 그의 이름은 오디세우스. 그에게 호감을 느낀 키르케는 그의 부하들을 다시 사람으로 돌려놓고, 부서진 배를 고치는 동안 섬에 머무르게 한다.

1년 동안 섬에 머무르며 키르케와 사랑을 나누던 오디세우스가 이제 그만 고향으로 돌아가겠다고 말하자, 키르케는 그를 보내 주며 안전하게 귀향할 수 있도록 도움을 준다. 오디세우스가 떠나고 얼마 후에 키르케는 자신이 임신했음을 알게 된다. 키르케는 아들을 낳아 텔레고노스라는 이름을 지어 주고는 혼자 키운다. 억세고 반항적인 텔레고노스를 혼자 키우는 일은 마치 전쟁과 같아서 마녀인 키르케에게도 너무 힘들고 어렵다. 세월이 흘러 열여섯이 된 텔레고노스는 아버지를 만나겠다는 의지를 보이며 오디세우스가 있는 곳으로 떠나는데, 얼마

가뭄 때문에 민심이 흉흉한데, 무슨 좋은 방법이 없을까?

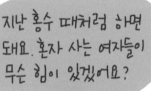

지난 홍수 때처럼 하면 돼요. 혼자 사는 여자들이 무슨 힘이 있겠어요?

속닥속닥

그래, 그 방법이 있었지?

재난과 재앙을 불러들인 마녀들을 당장 잡아들여 고문하고 화형에 처하라!

뒤 텔레고노스는 오디세우스가 아니라 그의 아내 페넬로페 그리고 그의 아들 텔레마코스와 함께 섬으로 돌아온다.

(작품의 결말 소개는 생략)

일단 질문. 혹시 이 책 읽기 전에 '키르케'라는 이름을 들어 본 적 있어?

아니, 못 들어 봤어. 엄마는?

엄마는 이름만 기억하는 정도였어. 대학 다닐 때 『오디세이아』를 읽긴 했으니까. 너도 오디세우스는 알고 있었지?

그리스-로마 신화에서 봤어. 트로이 전쟁 영웅 정도로만 기억하고 있었지만. 여기서 갑자기 궁금한 것. '오디세이아'가 무슨 뜻이야?

'오디세우스의 노래'라는 뜻이야. '오디세이아'라고도 하고 '오디세이'라고도 하고. 말하자면 '어딘가를 향해 가는 영웅 모험담'의 상징이 되어 일종의 보통 명사처럼 쓰이지. '○○○ 오디세이', '** 오디세이아' 이런 식으로.

아하! 『오디세이아』가 그렇게 중요한 작품이야?

중요한 작품인지는 모르겠고, 매우 중요하게 '대접받는' 작품인 건 분명해. 작가가 기원전 8세기에 살았던 호메로스인데,

그가 쓴 『일리아스』와 함께 서양 고전의 첫 페이지에 나오는 작품이라는 평가를 받지.

그렇군. 그런데 이 책의 작가는 왜 하필 키르케에게 꽂혔을까? 난 읽지 않아서 모르지만 『오디세이아』에는 많은 인물이 나올 텐데 말이지.

그건 작가 소개에 나오잖아. 키르케가 '서양 문학에서 처음으로 등장한 마녀'라는 점에 작가가 매혹되었다고. 작가는 마녀를 '사회가 여자에게 허용해 준 힘보다 더 큰 힘을 가진 여성에게 주어지는 단어'라고 정의했더라. 흔히 마녀는 사악한 마법이나 부려 죄 없는 인간을 괴롭히는 못된 여자로 인식되어 있는데 말이야. '마녀사냥' 이야기는 들어 본 적 있지?

응, 세계사 책에서 봤어. 끔찍하더라고. 어떻게 사람이 사람에게 그런 짓을 저질렀을까 싶어. 하긴 마녀사냥 말고도 그런 일이 많았지만.

그 시절에 마녀로 몰려서 끔찍한 고문 끝에 화형당한 여성들은 대부분 결혼하지 않고 혼자 사는 여성들이었다고 해. 이런저런 재능이 있어서 직업을 가지고 자기 생계를 직접 꾸려 가던 여성들.

세계사 책에도 그렇게 설명되어 있더라고. 그런데 키르케는 본래 마녀가 아니었다고 나오잖아. 무려 태양신 헬리오스의 딸이었는데.

헬리오스의 딸이면 뭐 해. 그래 봤자 님프인데. 냉정한 눈으로 보면 그리스-로마 신화에서 님프의 신세는 참 딱하기 짝이 없어. 명색이 여신이지만 권력이라고는 쥐뿔도 없고, 힘센 남자 신들에게는 함부로 대해도 상관없는 성폭력 대상이지. 심지어 신화에서는 성폭력을 무슨 낭만적 해프닝으로 얼렁뚱땅 묘사해. 과연 그런 신화를 누가 지어냈을까 생각해 보면 읽다가 불쾌할 때가 있어.

나는 어린이 버전으로 읽어선지 그런 건 잘 기억나지 않는데.

뭐, 기억이 안 난다니 차라리 다행이고. 암튼 마녀의 과거를 님프로 설정한 건 좋은 아이디어 같아.

그나저나 오디세우스에 관해 잘 몰랐어도 이 책에서 펼쳐 놓은 이야기 자체가 워낙 흥미진진해서 500쪽이 그리 길게 느껴지지 않고 단숨에 읽게 되더라고. 그렇지만 『오디세이아』를 읽었으면 더 재밌었을 것 같긴 해. 나중에 기회가 되면 『오디세이아』도 한번 읽어 보고 싶어.

그것도 좋지. 사실 엄마도 읽은 지 20년이 넘어서 대략적인 줄거리만 기억나고 세부 묘사는 가물가물한데, 다시 읽어 보고 싶더라.

『오디세이아』에 나오는 오디세우스와 키르케는 어떤 캐릭터야? 그리스-로마 신화에서 오디세우스는 무척 용맹하고 머리가 좋은 인물로 나왔던 것 같은데.

아주 매력적인 캐릭터지. 한마디로 지략이 뛰어난 전쟁 영웅. 『오디세이아』에서 키르케는 그런 영웅을 우습게 보다가 혼나고는 결국 그에게 도움을 주는 조연이고. 섬에 표류해서 자기 집을 찾아온 그의 부하들을 돼지로 만들었다가 헤르메스의 도움을 받은 오디세우스에게 자기 잘못을 싹싹 빌고는 그와 부하들을 돌봐 준다고 나와. 그런데 왜 키르케가 혼자 섬에 살게 되었고, 왜 마녀가 됐으며, 왜 남자들을 돼지로 만들었을까 등에 관해서는 설명이 없지. 부하들을 아무 이유 없이 돼지로 만들지는 않았을 거 아냐? 그냥 못된 마음에 마법을 건 거라면 작가의 말대로 그 이후에 키르케가 보여 준 자상함과 지혜로움이 납득되지 않아. 아마도 부하들은 혼자 사는 키르케를 강간하려고 했을 거야. 키르케가 차려 주는 밥을 얻어먹고 말이지. 이런 게 서사의 빈틈을 채우는 작가의 상상력이겠고.

그러게. 나도 잠깐 등장하는 조연을 주인공으로 세워서 그런 빈틈을 꽉꽉 채워 무려 500페이지나 쓸 수 있는 능력에 감탄이 나오긴 해.

그치. 이런 게 이야기꾼의 능력 같아. 『오디세이아』에서 키르케는 오디세우스를 스쳐 지나가는 존재 중 한 명이지만 이 작품에서는 그 반대지. 확인해 보니 오디세우스는 전체 500페이지 중에서 정확히 255페이지에 처음 등장해 306페이지에서 섬을 떠나니까. 물론 작품 말미에 다시 잠깐 등장하지만. 오래전에 읽어서 확실하지는 않지만, 『오디세이아』에 등장하는 키르케가 아마도 딱 이 정도 비중이었던 것 같아.

엄마는 어느 부분에서 가장 공감이 됐어? 나는 솔직히 이야기 자체가 재밌어서 쭉쭉 읽어 나가긴 했지만 감정 이입이 되고 그러지는 않았거든.

아마 그랬을 거야. 작가가 다분히 여성주의적 시각으로 재해석한 작품이니까. 3천 년 전에 그리스 남성 작가가 쓴 작품을 현대 미국 여성 작가가 다시 쓴 작품이라는 점을 감안해 보면 아무래도 남성보다는 여성들이 더 공감할 만한 이야기지. 엄마는 일단 키르케가 아버지 헬리오스에게 "아버지가 틀렸어요"라고 말하는 대목에서 전율했어.

그러다가 헬리오스가 분노하니까 바로 깨갱~ 하잖아.

그렇더라도 바로 그때가 키르케가 마녀가 되는 시작점이었으니까. 사실 강력한 아버지와 그 아버지에게 도전하는 아들의 서사는 많지만 아버지의 권위에 도전하는 딸의 서사는 별로 없거든. 그리고 키르케가 아들 텔레고노스를 키우면서 겪는 내면의 고통을 묘사하는 장면에서 눈물이 나오기도 했어. 모성애를 찬미하는 이야기는 많지만 말이 통하지 않는 아이를 키우면서 겪는 엄마 내면의 지옥을 꼼꼼히 묘사하는 것은 일종의 금기처럼 되어 있어. 분노와 애정이 꼭 따로 떨어져 있는 건 아닌데 말이지. 육아는 축복이기도 하지만 전쟁이기도 하니까.

그게 삶의 아이러니고.

흠…, 역시 뭐든 아는 만큼 보이고 겪은 만큼 보이는 건가. 근데 엄마는 결말이 어땠어? 나름 반전이라면 반전인데.

주의: 여기부터는 이 소설의 결말에 관한 스포일러가 있음.

엄마는 좋았어. 일단 오니세우스라는 인물이 알고 보니 홀딱 깨잖아? (웃음)

그러게. 의심 많고 폭력적이어서 아내와 아들까지 모두가 싫어하는 인물.

실제로 『오디세이아』에서도 복수를 과하게 하긴 해. 자기 아내와 아들을 괴롭힌 남자들을 죽이는 것까지는 이해한다 해도 너무 많은 사람을 너무 잔인한 방식으로 죽여. 그 남자들과 가깝게 지낸 이들까지 모조리 도륙하지. 작가는 그 점에 착안한 것 같아. 이 작품에서는 오디세우스가 죽고 그의 아내 페넬로페와 아들 텔레마코스가 텔레고노스와 함께 키르케가 사는 섬으로 가서 넷이 살게 되는데, 나름 일종의 대안 가족으로 서로 존중하면서 평화롭게 살지.

그러다가 키르케는 결국 마법을 써서 신이 아닌 인간이 되는 길을 스스로 선택하잖아. 신은 영생할 수 있는데, 그런 선택을 한다는 게 좀 놀라웠어.

엄마는 그 선택이 정말 뭉클할 만큼 좋았어. 키르케의 말마따나 신은 '썩은 고인물'이잖아. 영원히만 살면 뭐 해. 어쩌면 삶은 한 번뿐이기 때문에 더 소중한 건데. 작가의 표현을 그대로 빌리자면 '무한한 능력을 소유한, 자기 자신 말고는 어느 누구에게도 답을 할 필요가 없는 존재'인 마녀가 신보다 훨씬 매력적이지. 엄마도 누가 여신으로 살래 마녀로 살래 물어보면 당연히 마녀를 선택할 것 같은데? (웃음)

그렇군. 하긴 엄마에게 마녀 기운이 있는 것 같긴 해. (웃음)

『**09**』

인간은 너무 복잡하고 모순적이야!

『맥베스』(윌리엄 셰익스피어)

셰익스피어의 4대 비극 중 가장 마지막으로 발표된 작품이다.

스코틀랜드의 용맹한 장군인 맥베스는 반란군을 진압하고 돌아오는 길에 친구인 뱅쿠오와 함께 광야에서 세 마녀를 만난다. 마녀들은 맥베스에게는 앞으로 코더의 영주를 거쳐 왕이 되리라는 예언을, 뱅쿠오에게는 그의 자손들이 왕위를 이어받게 된다는 예언을 한다. 둘은 이 예언을 황당한 소리로 치부하지만, 그들이 전장에서 돌아오자마자 던컨 왕은 전쟁에서 세운 맥베스의 공을 치하하며 마녀들의 예언대로 맥베스에게 코더의 영주 작위를 준다.

마녀들의 예언이 들어맞은 데에 놀란 맥베스는 이 사실을 아내에게 털어놓는다. 야심이 많은 맥베스 부인은 남편에게 던컨 왕을 죽이자고 회유한다. 망설이던 맥베스는 마침내 던컨 왕을 자기 집으로 초대해

곤히 잠든 그를 잔인하게 살해한 뒤, 술에 취한 경비병들의 짓이라고 뒤집어씌우고는 제대로 수사도 하지 않은 채 경비병들을 그 자리에서 죽여 버린다. 던컨 왕의 아들들은 맥베스의 행위를 의심해 스코틀랜드에서 도망치고, 맥베스는 스코틀랜드의 왕이 된다.

맥베스는 왕위에 올랐지만 자기 자손이 아닌 뱅쿠오의 자손이 왕위에 오른다는 마녀들의 예언이 떠올라 불안하다. 맥베스는 암살자를 보내 뱅쿠오와 그의 어린 아들 플리언스를 죽이려 하는데, 뱅쿠오는 살해당하고 아들 플리언스는 구사일생으로 도주에 성공한다.

뱅쿠오를 제거했는데도 맥베스는 만족하지 못하고 다른 귀족들을 끊임없이 의심한다. 특히 잉글랜드에서 다른 귀족들과 연합해 세력을 모으고 있던 맥더프를 위험인물로 보고 스코틀랜드에 남아 있던 그의 어린 아들을 비롯해 그의 일가를 모조리 죽여 버린다. 왕위를 지키기 위해 자신의 손에 끊임없이 피를 묻히던 맥베스는 서서히 헛것을 보면서 미쳐 간다. 왕비가 될 야심에 불타 남편을 몰아붙이던 맥베스 부인도 몽유병에 시달리다가 미쳐서 결국은 죽는다.

한편, 도망쳤던 던컨 왕의 아들 맬컴 왕자와 맥베스의 잔인한 통치에 반감을 품은 맥더프를 비롯한 귀족들이 연합해 드디어 반란을 일으킨다. 맥베스는 반란을 직접 진압하려 나서지만 맥더프와 혈투를 벌인 끝에 맥더프의 칼에 목이 잘리고, 그의 목은 창끝에 매달려 효시되는 비참한 최후를 맞는다.

본격적인 이야기를 시작하기 전에 먼저 궁금한 것 질문! 엄마는 왜 이 작품을 추천했어? 4대 비극 중에서도 가장 유명한 작품은 『햄릿』 같은데?

특별한 이유는 없어. 4대 비극 중에서 엄마가 가장 좋아하는 작품이거든.

좋아하는 이유가 뭐야?

너도 읽어 봐서 알겠지만 한마디로 '미친 전개'를 보여 주잖아. 질질 끌지 않고 화끈하게 휘몰아치면서 사건이 전개되지. 그래선지 분량도 가장 짧아. 아마 『햄릿』의 절반 정도일 거야. 그런 이유로 너도 좋아할 거라고 생각했는데, 아니야?

사실 나는 희곡은 거의 읽어 본 적이 없어. 국어 교과서에 나오는 요즘 희곡과 드라마 대본 정도만 읽어 봤고 이런 옛날 희곡은 처음이야. 그러다 보니 처음엔 말이 너무 이상한 거야. 아니, 말을 왜 그런 식으로 해? 설마 그 시대에 사람들이 말을 그렇게 하진 않았겠지?

(웃음) 설마 그렇게 했겠니. 엄마도 희곡은 대학 때 잠깐 배운 게 전부인데, 셰익스피어 시대만 해도 일상어로 희곡을 쓰지는 않았다고 해. 그 시대엔 시적 운율을 느낄 수 있는 형태로 대사를 썼겠지?

암튼 그런 이유로 도입부에선 당황했지만 엄마 말대로 지루할

틈이 없는 미친 전개라는 점은 맞는 듯. 뭐랄까, 16부작 드라마를 4부작 정도로 압축해 놓은 유튜브 영상을 보는 느낌이었어. 셰익스피어 작품이라고 해서 부담스러웠는데 전개가 빨라서인지 재밌게 읽었어.

빠른 전개 말고 또 뭐가 흥미로웠어?

등장인물들의 성격. 주인공인 맥베스 말고도 맥베스 부인이랑 세 마녀가 강렬하더라고. 근데 마녀들이 여자 맞아? 마녀들이 수염 난 걸로 묘사되어 있던데?

세 마녀는 하는 말만큼이나 실체도 모호하지. 유령 같기도 하고 사람 같기도 하고. 남자 같기도 하고 여자 같기도 하고. 아마도 작가가 일부러 그렇게 설정한 것 같아.

그렇군.

그나저나 너도 맥베스 부인을 강렬한 캐릭터로 느꼈구나? 사실 엄마가 이 작품을 좋아하는 이유 중에서 큰 비중을 차지하는 게 맥베스 부인 때문이야. 한 줄로 표현하자면 '욕심 때문에 자신과 남편을 모두 파멸의 구렁텅이로 밀어 넣는 악녀'인데 아주 매력적으로 묘사되어 있지. 엄마는 이 작품을 처음 읽었을 때 맥베스보다 맥베스 부인이 더 뇌리에 남았어.

나는 그 부부의 관계가 흥미로웠어. 처음엔 부인이 훨씬 더 적극적이고 단호하게 왕을 죽이라고 하잖아. 맥베스는 죄책감 때문인지 두려움 때문인지 처음엔 망설이고. 그런데 일단 왕을 죽이고 왕과 왕비가 된 다음엔 양상이 달라지는 거 맞지?

오오~, 그걸 눈치챘구나! 맞아, 맞아. 단호하고 거침없는 악녀였던 부인이 극도의 신경 쇠약 증세와 몽유병에 시달리다 환각을 보면서 죽지. 반대로, 처음엔 혼란스러워하며 망설였던 맥베스는 오히려 점점 폭주하지. 브레이크 없이 살육을 저지르다가 끝내 비참하게 목이 잘려 죽고.

다 읽고 궁금하기에 네이버에서 검색을 해 봤거든? 근데 이 작품 주제를 '권력을 향한 인간의 욕망과 그로 인한 파멸'이라고 정리한 페이지가 있더라고. 엄마도 그렇게 생각해? 난 아닌 것 같은데.

그래? 그럼 주제가 뭐라고 생각해?

그냥 세 마녀가 하는 모호한 말들이 주제 아냐? "아름다운 것은 추한 것이고 추한 것은 아름다운 것이다." "선한 것은 악한 것이고 악한 것은 선한 것이다." 그러니까 인간은 아름답고 선하기만 한 존재도 아니고, 추하고 악하기만 한 존재도 아니고, 언제든 상황에 따라 변할 수 있는 복잡하고 모순적인 존재라는 거지.

오오오, 김비주! 박수! 너 오늘 좀 멋있어 보인다! 엄마도 비슷한 생각이야. 처음에 맥베스는 용맹한 장수이면서 던컨 왕에게는 충성스러운 신하였지. 그런데 예언에 홀린 나머지 자신을 믿고 총애하는 왕을 잔인하고 비열하게 죽이지. 만일 마녀들의 예언을 듣지 않았더라면 어땠을까? 그랬다면 끝까지 충성스러운 신하로 남았을까? 엄마는 잘 모르겠어. 함께 예언을 들은 뱅쿠오는 그런 짓을 하지 않았는데 말이야. 도입부에서 맥베스는 반란군을 진압하는 용맹한 장군으로 등장해. 그런데 잘 생각해 보면, 던컨 왕 입장에서는 용맹한 장군이지만 그 용맹함이 적에게는 끝도 없는 잔인함이거든. 던컨 왕을 죽이기 전이건 죽인 후건 그는 적에게 정말이지 무자비하잖아. 도입부에서 그가 반란군에게 행한 똑같은 방식으로 최후를 맞는 결말도 의미심장하지.

정말 그러네. 그런데 엄마 말을 듣다 보니 이 작품의 주인공은 맥베스가 아닌 것 같다는 생각이 들어.

그럼 누구 같아?

세 마녀?

오, 정말 그렇게도 볼 수 있겠다. 그렇다면 세 마녀는 무얼 뜻하는 걸까?

그게 뭔지 나도 정확히 모르겠다는 게 문제야. (웃음)

만일 그게 명확하게 떨어지면 이 작품이 덜 매력적이지 않을까? 세 마녀가 하는 말 자체부터가 모호함의 극치인데. 운명의 여신? 뭐, 그렇게 볼 수도 있지만 썩 마음에 드는 해석은 아니고. 인간 내면에 혼란과 욕망의 불씨를 심는 악마라고 하기에도 좀 부족한 듯하고. 그냥 네 말대로 인간이 얼마나 복잡하고

모순적인지를 알려 주는 존재 같아. 삶에서 모호함은 모호함
그 자체로 두는 편이 어쩌면 나을 수도 있어. 그게 작가의 의
도였을 수 있고.

 그래, 그 자체로 두는 게 좋겠어. 더 생각하면 머리가 아플 것
같아.

왜 그는 자신의 눈을 찔렀나

『오이디푸스 왕』(소포클레스)

지금부터 2500여 년 전에 활동한 그리스 극작가 소포클레스의 대표작으로, 아리스토텔레스가 『시학』에서 가장 뛰어난 비극이라고 극찬한 작품이다.

평화롭던 테베 왕국에 갑자기 역병이 창궐하면서 백성들이 죽어 나간다. 테베의 왕 오이디푸스는 자신의 처남 크레온을 아폴론 신에게 보내 그 이유를 알아 오게 한다. 크레온은 선왕이었던 라이오스를 살해한 자를 알아내 그를 죽이거나 나라 밖으로 추방할 때만 역병에서 벗어날 수 있다는 아폴론의 신탁(神託)●을 전한다. 오이디푸스는 당연히 그 범인을 찾으려고 하는데, 알고 보니 범인은 다름 아닌 오이디푸

● 신이 인간을 통해 그의 뜻을 나타내거나 인간의 물음에 대답하는 일.

스 자신이었다.

오래전 선왕 라이오스와 왕비 이오카스테는 태어날 아들이 장차 아버지를 죽이고 어머니와 결혼할 것이라는 신탁을 받고는 아들이 태어나자마자 갖다 버렸다. 우여곡절 끝에 목숨을 건진 오이디푸스는 이웃 나라 코린토스 왕의 양자로 성장한다. 어느 날 그는 자신이 아버지를 살해하고 어머니와 동침하게 되리라는 끔찍한 예언을 듣고 바로 궁전을 뛰쳐나와 방랑 생활을 한다. 그러다가 길에서 우연히 사소한 시비가 붙어 한 남자를 죽이게 되는데, 그 남자는 바로 자신의 친아버지 라이오스 왕이었다. 때마침 스핑크스의 수수께끼를 풀어낸 오이디푸스는 테베의 왕이 되고 라이오스 왕의 아내이자 친모인 이오카스테 왕비를 아내로 맞았던 것이다.

모든 진실을 알게 된 이오카스테는 목을 매 자살하고, 오이디푸스는 이오카스테의 옷에 꽂혀 있던 황금 브로치로 자기 눈을 찌르고 스스로 자신의 왕국에서 추방되는 길을 택한다. 이 작품은 이 모든 내막이 마치 퍼즐 조각 맞추어지듯 여러 예언자의 증언, 사신들의 입을 통해 조금씩 밝혀지는 구성이다. 2500년 전의 작품이라고 하기에는 믿을 수 없을 만큼 치밀한 플롯과 극적 긴장감을 보여 준다.

 이 작품을 읽기 전에 오이디푸스라는 이름을 들어 본 적 있어?

그리스-로마 신화에 나오는 인물 아냐? 스핑크스의 수수께끼를 푼 영웅 정도로 알고 있었어.

그럼 혹시 오이디푸스 콤플렉스*라는 말은 들어 봤어?

들어 보긴 했는데 도저히 납득이 가지 않는 말이었어. 뭐야 그게. (웃음)

엄마 생각도 비슷해. 상식적으로도 납득되지 않는 데다가 결정적으로 절대 '증명'할 수 없는 가설로 보이거든. 엄마가 그 분야 전문가는 아니니까 그런가 보다 하는 거지. 이러니저러니 해도 프로이트가 오이디푸스라는 인물을 더 유명해지게 한 공은 있는 듯? (웃음) 아무튼 이 작품 어땠어?

뭐, 그럭저럭 재밌게 읽긴 했어. 이야기 자체가 자극적이면서 워낙 흥미진진하니까. 그런데 솔직히 이 작품이 왜 그렇게 유명하고 높이 평가받는지는 잘 모르겠어. 엄마 생각엔 왜 그런 것 같아?

일단 이거 먼저 물어보자. 네가 보기에 오이디푸스는 어떤 사람 같아?

● 프로이트에 따르면 남자아이는 만 세 살에서 여섯 살 사이에 처음으로 이성과 사랑에 빠지는데, 그 대상은 다름 아닌 자신의 어머니라고 한다. 문제는 어머니를 사랑하는 사람이 자신만이 아니며, 그 경쟁자는 자기보다 훨씬 더 힘이 강하다는 사실이다. 이 사실 앞에서 아이는 불안을 느끼는데, 그 불안을 가중하는 것이 있다. 바로 언젠가는 그 경쟁자, 즉 아버지가 자신의 이러한 불순한 생각을 알아채고 그 벌로 자신의 성기를 잘라 버릴지도 모른다는 '거세 공포'를 겪는 것이다. 프로이트는 이 시기의 남자아이가 경험하는 이러한 일련의 감정을 '오이디푸스 콤플렉스'라고 명명했다.

흠…, 능력이 뛰어난 사람? 스핑크스의 수수께끼를 푼 걸 보면 똑똑하고 용맹한 사람 같아. 그런 사람이니까 왕이 될 수 있었을 테고.

그래. 그런데 그토록 잘난 인물이 한순간에 정말 처참하게 몰락하지.

문제는 몰락한 이유가 그냥 운명이었다는 거잖아. 아무리 뛰어난 인물이라도 신의 저주에서 벗어날 수는 없다, 본래 그런 운명이라서 그렇게 됐다, 뭐 이렇게 읽히기도 해. 난 그런 점은 별로야.

너나 내가 지금 이 시대를 살고 있어서 그렇게 느끼는 건 아닐까? 지금 많은 이들이 공유하는 상식적인 세계관은 2500년 전 그리스 비극의 세계관과는 다르니까. 그렇지만 그 시대의 세계관에도 일말의 진실은 있다고 봐. 운명적 인생관의 반대편에는 인간의 의지와 노력으로 운명을 바꿀 수 있다는 믿음이 있을 텐데, 살다 보면 불굴의 의지와 끝없는 '노오오력'만으로 되지 않는 일이 분명히 있잖아. 흔히 운이라고 하는 그런 것. 그 시대 그리스 사람들은 '내가 모든 것을 내 의지대로 할 수 있다'는 인간의 오만을 몹시 경계했고, 신은 그 오만을 절대 용서하지 않는다는 믿음이 있었던 것 같아.

그러니까 모든 게 운명의 장난이고 인간은 신의 손아귀에서 결코 벗어날 수 없다는 게 이 작품의 주제라는 뜻이야? 라이오스와 오이디푸스 모두 끔찍한 신탁을 듣고 거기에서 벗어나려고 하는데, 오히려 그렇게 벗어나려고 한 행동 때문에 신탁을 현실로 만드는 꼴이 되잖아.

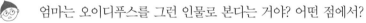

아니. 만일 그랬다면 이 작품이 이렇게 불멸의 고전으로 살아남을 수 없었겠지? 만일 오이디푸스가 참회의 눈물을 뚝뚝 흘리면서 자신의 운명을 체념하거나 신에게 복종을 맹세하는 것으로 끝났다면 이 작품의 수준이 확 떨어졌을 것 같거든. 인간이 운명을 피할 수 없는 것은 분명해. 아무리 뛰어난 사람이라도 신의 저주에서 벗어날 방법은 없어. 그렇지만 그 운명과 저주에 당당히 맞설 수는 있지. 끝까지 자신의 존엄을 잃지 않으면서 말이야.

엄마는 오이디푸스를 그런 인물로 본다는 거야? 어떤 점에서?

오이디푸스는 자신의 정체와 그것을 둘러싼 무시무시한 진실을 어느 날 벼락을 맞듯이 알게 되는 게 아니야. 예언자와 사신들이 전하는 조각난 정보의 퍼즐을 맞추면서, 어쩌면 자신이 파멸할지도 모른다는 두려움을 기꺼이 이겨 내며 조금씩 조금씩 진실을 추적해 가지. 보통 인간이라면 너무 무서워서 적당한 선에서 멈추지 않았을까? 너라면 어땠을 것 같니?

흠…, 잘 모르겠어. 엄마는 어땠을 것 같아?

나라면 무서워서 도중에 멈췄을 거야. 아무리 호기심이 불안을 이긴다고 해도 말이지. 그런데 오이디푸스는 끝까지 가. 그가 위대한 이유는 진실을 밝히기 위해 끝까지 밀고 나갔기 때문인 것 같아. 자기 삶을 송두리째 흔들어 놓는 무서운 진실과 대면하는 걸 무릅쓰고.

오이디푸스의 엄마이자 아내는 그 진실을 알고 자살해 버리잖아. 그런데 왜 오이디푸스는 자살하지 않고 자기 눈을 찔러서 스스로 장님이 됐지? 차라리 죽어 버리면 마음이 편할 텐데. 자살보다 눈을 찌르는 선택이 나로서는 더 충격적이야.

이 질문과 관련해서는 엄마가 예전에 냈던 책에도 나름의 생각을 쓴 적이 있어. 차라리 죽는 편이 덜 고통스러울 텐데 왜 이런 선택을 했을까. 내 대답은 이거야. 오이디푸스는 한마디로 고통을 회피하지 않고 스스로 감당하려 했기 때문이라고. 사람이 감당할 수 없는 무시무시한 과오이자 치욕스러운 과거인데도 그것을 부정하지 않고 기꺼이 껴안으려 했기 때문이라고. 오이디푸스는 비록 결과적으로는 가장 패륜적인 범죄를 저질렀지만, 엄밀히 따지고 보면 그의 의도를 벗어난 운명의 장난이라고 할 수 있는 사고였지. 사람을 죽였지만 그가 아버지임을 몰랐던 것은 물론이고 쌍방의 싸움 끝에 사람을 죽이는 일이 그 시대에는 그리 심각한 범죄가 아니었으니까. 그럼에도 그는 잔인한 운명을 저주하는 데서 그치지 않고 스스로 가혹한 벌을 내림으로써 자기 죄를 조금이나마 갚으려 하잖아. 인간의 존엄은 생각이나 말이 아니라 삶을 기꺼이 책임지고 감당하는

'행위'에서 증명된다는 진실. 그 점이 오이디푸스가 위대한 이유 아닐까?

엄마 말을 듣고 보니 납득이 되네. 그러면 그가 눈먼 몸으로 자신의 왕국을 떠나 다른 곳으로 떠나는 건 어떻게 봐야 할까? 그것도 신탁 때문이야?

표면적인 이유는 신탁 때문이라고 할 수 있겠지. '아버지를 죽이고 어머니와 동침한 자를 죽이거나 나라 밖으로 추방할 때만 역병에서 벗어날 수 있다'는 아폴론의 신탁이 있었으니까. 그렇지만 여기에서도 어떤 상징적인 의미를 찾을 수 있겠지. 그에게 국경을 넘는 행위는 자신이 왕이었던 땅을 떠나 이방인으로 사는 길을 택하는 거야. 자신의 막강한 권력이 구석구석 미치는 익숙한 세계를 떠나 아무런 기득권이 없는 상태에서 새로운 삶을 시작하는 거지. 어쩌면 그 순간에 그는 가혹한 운명의 사슬에서 벗어나 진정한 영웅이 된 게 아닐까 싶어. 스핑크스의 수수께끼를 풀고 테베의 왕이 된 순간이 아니라.

흠…, 감동적이긴 한데 존엄한 인간이 되는 것도 진정한 영웅이 되는 것도 너~무 어려운 일이구나.

『11』

추한 인간이 남긴 아름다운 저택

『영원한 유산』(심윤경)

과거에는 실재했지만 지금은 사라져서 잊힌 건물을 소재로 쓴 심윤경의 장편 소설. 이 작품의 소재이자 공간 배경은 일제 강점기에 '벽수 산장'이라고 불린 저택이다. 경술국적* 중 한 명인 윤덕영(1873~1940)은 일왕에게서 하사받은 돈으로 지금의 서울 서촌 일대 1만 평이 넘는 대지를 사들이고, 600평이 넘는 규모의 화려한 대저택을 짓는다. 당시 이 대저택은 윤덕영의 호 '벽수'를 따서 '벽수 산장'으로 불렀다.

벽수 산장은 해방이 되고 적산(敵産)**으로 분류되어 유엔에 넘겨졌다가, '유엔 한국통일부흥위원회'(UNCURK, 언커크)의 사무실로 쓰였다. 그러다가 1966년 식목일에 보수 공사 중 발생한 화재로 2층, 3층이 전

● 1910년 한일 병탄 때 대한 제국을 일본에 팔아넘겨 귀족 작위를 받은 여덟 명의 매국노.
●● 1945년 해방 이전까지 한국 안에 있던 일제나 일본인 소유의 재산을 해방 이후에 이르는 말.

부 타 버리고 1973년에 완전히 철거되었다.

이 소설은 1966년 1월 초부터 4월 5일까지를 시간 배경으로 한다. 주요 등장인물은 윤덕영의 막내딸 윤원섭, 언커크 사무국장 애커넌, 애커넌의 개인 통역사 이해동 세 명이다. 악명 높은 친일파의 딸 윤원섭은 사기 전과가 있는 인물로, 자신이 그 저택에 살았다는 사실을 어필해 애커넌의 환심을 사면서 금전적 이득과 사회적 명예를 얻으려 한다. 애커넌은 애커넌대로 윤원섭의 욕망을 이용해 언커크를 향한 세간의 관심을 얻어 볼 궁리를 한다.

윤원섭과 애커넌 사이에서 통역을 하며 그런 행태를 지켜봐야 하는 이해동은 마음속으로 저항감을 느낀다. 이해동의 아버지는 일제에 저항하다가 이름 없는 독립운동가로 죽었고, 그로 인해 고아가 된 그는 고모에게 맡겨져 어린 시절부터 고학을 하며 살아야 했다. 윤원섭이 자신의 아버지인 악명 높은 친일파 윤덕영을 두둔하고 찬양하면서 독립운동가와 국민을 조롱하는 말을 할 때 이해동은 속으로 분노하는 동시에 혼란스럽기도 하다. 친일파 윤덕영이 나라 팔아먹은 돈으로 세운 저택에서 자신도 부정할 수 없는 아름다움을 느끼기 때문이다. 그런 까닭에 작품 말미에서 불길에 휩싸인 저택을 보는 이해동은 그것이 '썩어 문드러져 짜내야 할 고름인지, 다시 얻지 못할 귀중한 자산인지' 알 수 없는 복잡한 심정이 된다.

윤덕영의 썩은 정신과
나라 팔아먹은 자금으로
만들었지만 아름다운
윤덕영의 대저택, 벽수 산장

악하지만 머리가 좋고
사람들을 매혹하는
윤덕영의 딸, 윤원섭

둘이 닮았어…

일단 질문. 이 소설에서 윤덕영만 실존 인물이고 윤원섭, 이해동, 애커넌은 모두 허구의 인물 맞지?

맞아. 작가의 말에도 나오잖아. 친일파 윤덕영이 나라 팔아먹은 대가로 일왕에게서 받은 돈을 들여 대저택을 지은 것, 그 저택이 해방 후에는 유엔에 넘어가 언커크 사무실로 사용된 것, 그러다가 그 건물이 1966년 식목일에 큰 불이 난 것 등등 소설의 배경을 이루는 큰 줄기는 모두 역사적 사실이야. 윤덕영에게 실제로 자식이 몇이나 있었는지는 모르겠지만 그의 막내딸이라고 나오는 윤원섭, 언커크 사무국장으로 나오는 애커넌, 그의 개인 통역사이자 이 작품의 초점 화자인 이해동은 모두 가공인물이고. 그런 면에서 이 소설은 일종의 팩션이라고 할 수 있지.

이 소설을 읽고 그 이튿날엔가 우연히 박시백의 『친일파 열전』을 읽었는데, 거기에 윤덕영이 나와서 반갑(?)더라고.

엄마도 잘 몰랐던 인물인데 이 소설 읽고 좀 찾아봤어. 순종의 왕비인 순정효황후의 큰아버지이면서 한일 병탄 과정에서 이완용 못지않은 맹활약을 해서 일왕이 자작 작위를 내린 인물이더라고. 이 소설에도 그런 말이 나오지만 그때는 이완용만큼이나 악명 높은 친일파였다고 해. 심지어 윤덕영의 아내도 적극적으로 친일을 한 인물이고.

그런데 왜 윤덕영은 엄청난 돈을 들여서 그런 저택을 지었을까? 윤원섭의 주장대로 '조선의 자존심을 세우고자' 그랬을 리는 없고.

그거야 뻔뻔하고 파렴치한 미화, 합리화지. 그렇지만 그가 다른 방식으로 돈을 쓰지 않고 꽤 거금을 들여 유명한 건축가를 섭외해 그런 저택을 지은 걸 보면 나름 아름다움을 추구한 사람 같기는 해. 너도 사진을 봐서 알겠지만 꽤 멋진 저택이잖아. 지금 봐도 강렬한데 그 시절엔 어땠을까 싶어.

그러게. 만일 지금 남아 있다면 한번 구경하고 싶은데, 그때 화재로 다 타 버린 거야?

아니. 2층과 3층 내부가 전부 타 버렸지만 외양은 멀쩡했는데, 그 상태로 방치되다가 1973년에 철거됐대. 수리해서 보존했으면 어땠을까 싶은데 당시엔 그럴 만한 예산이 없었을 수도 있고, 뭐 여러 이유로 철거해 버렸겠지. 그러고는 작가의 표현을 빌리자면 '사람들의 기억에서 유별날 정도로 빠르고 깨끗하게' 사라졌고.

흠…, 갑자기 한국사 시간에 본 조선 총독부 건물 사진이 떠오르네. 그 건물도 철거했다는데, 엄마는 본 적 있어?

아! 그 건물은 엄마 대학 다닐 때 철거됐어. 광복 50주년인 1995년 8월 15일 광복절에 철거가 시작됐지. 그때는 박물관으로 쓰고 있었는데, 철거하는 광경을 TV로 보노라니 엄마는 마음이 좀 복잡해지더라. '역사 바로 세우기' 일환으로 철거됐지만, 엄마 눈에 그 건물은 외부도 내부도 모두 멋졌거든.

 그럼 엄마는 그 건물이 철거되지 말았어야 했다는 거야?

 그런 뜻은 아니야. 그 시절엔 일본인 관광객들이 그 건물을 필수 방문 코스로 삼았다고 해. 예전에 자기 나라가 우리나라를 지배했다 이거지. 네가 짐작하기에도 그 방문 목적이 반성이었을 리는 없을 것 같지 않아? 우리 정부가 철거한다고 발표했을 때 일본 정부의 대응도 부적절했어. 식민 지배와 관련해 제대로 된 사과는 한 번도 한 적이 없는 주제에 '우리가 가져갈 테니 돌 하나도 건드리지 말라'는 식으로 나왔으니까. 상대가 그렇게 나오면 자존심 때문에라도 철거할 수밖에 없지 않겠어? 다만 마음이 복잡했던 이유는 흔적도 없이 없애 버리기엔 그 건물에서 어쩔 수 없는 아름다움을 느꼈기 때문이야. 마치 이 소설에서 이해동이 느낀 감정과 비슷하다고 할 수 있지. 이해동도 '윤덕영의 썩은 정신과 나라 팔아먹은 자금'으로 만들었는데도 그 저택이 아름답다고 느끼잖아.

 그러고 보니 그 저택과 윤원섭이라는 인물이 좀 닮은 것 같아.

 그래? 어떤 면에서?

 윤원섭은 분명히 뻔뻔하고 역겨운 인물이야. 자식으로서 아버지의 친일을 부끄러워하기는커녕 자기 아버지가 누구보다 나라를 걱정한 충신이라고 주장하잖아. 심지어 나라를 위해 스스로를 희생한 독립운동가들을 조롱하고 국민을 개돼지 취급하면서 무시하고. 그 저택도 마치 자신이 물려받아야 마땅한 사유 재산이라고 생각하고. 그런 개소리를 이해동은 피가 거꾸로 솟는 걸 참으며 듣고 있어야 하고. 그런데 소설을 읽다 보면 분명 악역인데도 매력적이라고 느껴지지. 머리가 좋고 세련되고 여러 사람을 매혹하는 캐릭터잖아.

 오오, 너도 그렇게 느꼈구나. 엄마도 그랬어. 윤원섭이 하는 말이나 행동은 참 역겨운데 작가가 그의 내면과 욕망을 꽤나 입체적으로 그렸어. 단순하고 납작한 악마로 만들지 않고 나름의 아픔과 상처가 있으면서 재능도 있고 매혹적인 인물로 묘사했지. 아마 작가는 상투적인 선악 구도를 피하고 싶었던 것 같아. 그런 맥락에서 이 소설은 매우 의미 있는 질문을 던지지. 적은 나쁘고 추하지만 그 적이 남긴 것이 도저히 부정할 수 없는 아름다움을 지니고 있을 때 어떻게 해야 하는가. 역겨운 적에 의해 만들어진 것이니 마땅히 없애 버려야 하는가, 아니면 그 아름다움을 존중해 공동체의 자산으로 남겨야 하는가. 사람은 옳지 않음 앞에서 분노하는 존재인 동시에 아름다움 앞에서 기꺼이 매혹되는 존재니까. 예를 들어 친일을 한 시인의 시가 훌륭할 수 있고, 성범죄를 저지른 영화감독의 작품이 뛰어날 수도 있거든. 사람과 작품을 별개로 볼 수 있는지 아닌지는 판단하기가 쉽지 않아.

그러네. 작가도 이 소설에서 딱히 이렇다 시원하게 대답하지 않고.

작가 역시 쉽게 판단할 수 없었기 때문이 아닐까. 어쩌면 자신에게는 대답이 있지만 일부러 질문을 던지는 선에서 끝냈는지도 모르고. 좋은 문학은 명쾌한 대답을 하는 대신에 필요한 질문을 던지는 역할을 하니까.

좋은 문학은 명쾌한 대답이 아니라 필요한 질문! 이거 좋다. 나중에 써먹어야지.

12

꿈, 메타버스, 오래된 미래 그리고 문학

『구운몽』(김만중)

조선 시대 문신이자 작가 김만중이 1687년에 평안북도 선천으로 유배 갔을 때 쓴 소설이다.

당나라 형산 연화봉에 이름 높은 고승인 육관대사에게는 성진이라는 수제자가 있다. 성진은 육관대사의 심부름으로 동정호 용왕에게 갔다가 용왕이 주는 술을 거절하지 못하고 마신다. 살짝 취해서 돌아오던 길에 위부인을 모시는 여덟 명의 선녀를 만나는데, 성진은 팔선녀와 말을 주고받으며 즐거움을 나누고는 돌아와 잠시 속세의 화려한 생활을 동경하는 마음을 품는다. 이 일로 육관대사에게 꾸중을 들은 성진은 팔선녀와 함께 지옥으로 보내진다. 거기에서 성진은 인간 세상으로 보내져 양소유라는 인물로 다시 태어난다.

양소유는 팔선녀의 환생인 여덟 명의 여인 정경패·이소화(난양공

주) ·진채봉·가춘운·계섬월·적경홍·심요연·백능파를 차례로 만나 인연을 맺어 간다. 타고난 좋은 두뇌로 과거에 장원 급제하고 뛰어난 능력을 펼치며 고속 승진을 하는 한편, 그를 마음에 들어 한 황제와 태후에게 발탁되어 부마(황제의 사위) 자리에까지 오른다. 그뿐만 아니라 전쟁에 장수로 나가 승리를 이끈 덕분에 황제의 절대적 신임을 받는다. 사랑하는 여인들과 더불어 화목하고 즐거운 나날을 보내고, 신하로서는 최고의 자리인 승상에까지 오르는 등 누구나 부러워하는 영화로운 삶을 누린다.

그러던 어느 날 양소유는 문득 이 모든 화려한 성공이 덧없다고 느끼고, 이때 나타난 육관대사에 의해 꿈에서 깨어나 본래의 성진으로 돌아온다. 알고 보니 양소유로 태어나 큰 성공을 이루고 만인의 부러움을 산 화려하고도 긴 평생의 삶이 하룻밤 꿈이었던 것이다. 인생의 무상함을 느끼고 깨달음을 얻은 성진은 그 뒤 큰스님이 되어 존경받다가, 성진을 따라 스스로 머리를 깎고 비구니가 된 팔선녀와 함께 극락세계로 간다.

 아니, 이게 뭐죠? (웃음)

 왜? (웃음)

 너~무 유치하잖아.

(웃음) 어느 정도 예상했던 반응이야. 자, 구체적으로 어떤 점이 유치하게 느껴졌는지 말해 보셔.

일단 양소유라는 캐릭터. 이게 사기지 뭐야. 엄청난 미남에다가 아주 좋은 머리를 타고나서 장원 급제를 해. 평생 글만 읽은 선비가 어느 날 갑자기 전쟁에 나가더니 막 적을 무찔러서 개선장군이 돼. 이 와중에 악기까지 잘 다루고 못 하는 게 없어. 가장 웃긴 건 별다른 노력도 하지 않았는데 만나는 여자들마다 양소유한테 다 반한다는 거야. 그렇게 무려 여덟 명의 여자와 결혼하는데, 그 여자들이 서로 사이가 좋아서 친한 자매처럼 지낸다는 것도 너무 웃겨. 그렇게 즐길 거 다 즐기고 누릴 거 다 누려 놓고 인생무상을 느끼는 순간 꿈에서 깬다? 이건 뭐 그냥 판타지 아니야?

(웃음) 그렇게 보면 이 작품은 판타지 맞지. 그런데 이 판타지가 왜 고전이 되어 문학사에서 중요하게 대접받고 교과서에까지 실려 수능에도 출제되는지를 생각해 보자고.

그러게. 나도 그 점이 궁금해.

일단 이런 작품을 제대로 읽으려면 간단하게나마 시대 보정이 필요해.

시대 보정?

작품이든 사상이든 그것이 태어난 시대의 눈으로 볼 필요가 있다는 뜻이지. 『구운몽』은 지금 시대정신과는 맞지 않는 부분이 많잖아. 한 남자가 2처6첩과 가정을 꾸린다는 설정부터가 진심 욕이 나오지. (웃음) 그렇지만 이게 그때는 아주 황당하거나 부도덕한 일은 아니었어. 그저 실현하고 싶지만 현실화하기는 몹시 힘든 꿈같은 일이었지. 한 줄로 요약하자면, 양소유의 삶은 당시 사대부 남성의 로망이라고 할 수 있어. 과거에 장원급제해서 왕에게 신임받는 신하가 되어 재상 자리에 오르고, 전쟁이 났을 때는 나라를 구하는 영웅이 되고, 아름답고 지혜로운 여인들 여럿과 화목한 가정을 꾸리는 것. 이것보다 더 달콤한 꿈이 어디 있겠어?

그러니까 양소유가 그 시대 사대부 남성의 욕망을 이룬 캐릭터라 이 작품이 훌륭하다는 거야? 그런 논리라면 요즘 드라마도 다 훌륭하겠네? 착하고 예쁘지만 가난한 여자가 잘생긴 재벌 3세를 만나 신분이 상승하는 스토리 같은 거 말이야.

뭐, 비슷한 측면이 있다고 볼 수 있지. 그렇지만 비슷한 스토리라도 어떤 플롯과 어떤 문장으로 썼는지가 중요하지 않겠어?

아, 그건 좀 재밌었어. 양소유가 꿈을 꾸는데, 그가 있는 곳이 성진이 살던 곳이잖아. 다른 말로 하면 양소유의 꿈이 성진의 꿈속 꿈인 셈인데 그런 아이디어가 참신하고 현대적으로 느껴지더라고.

그치. 지금 봐도 정교한 플롯이야. 그리고 묘사 역시 지금 봐도 참 대단한 면이 있어. 양소유가 여덟 여인을 만나는 순간들을

묘사한 대목을 보면 되게 디테일하고 에로틱하잖아. (웃음)

그래? 난 너무 쓸데없이 긴 것 같고 좀 지루하던데. 옛날 말이라 잘 다가오지 않은 점도 있겠지. 그런데 왜 제목이 '구운몽'이야? '구'는 주요 등장인물이 아홉 명이라 그런 것 같고 '몽'도 꿈 이야기니까 이해가 되는데, 왜 '구름 운'이 들어가?

우리나라 고전 문학에서 구름은 보통 헛된 욕심, 세속적 성공, 더 나아가 인생 자체를 상징해. 뜬구름처럼 금방 흩어지고 마는 허망한 것을 구름이라고 표현하지. 서양 문학에서는 낭만적인 상징으로 사용되는 것과 대조적인 듯해. 네가 마침 제목을 언급해서 하는 말인데, 엄마는 이 작품의 제목도 참 감각적이라고 생각해. 고전 소설의 흔한 제목은 주인공의 이름을 붙여 '~전'인 경우가 많거든. 춘향전, 홍길동전, 심청전, 뭐 이렇게. 그런데 이 작품의 제목은 '성진전'이나 '양소유전'이 아니잖아. 참고로, '~몽'이라는 제목을 달고 나온 소설은 이 작품이 최초라고 해. 중국 고전 소설 중에 『홍루몽』이라는 유명한 작품이 있는데, 나온 순서로만 보면 『구운몽』이 먼저거든.

그러고 보니 그러네? 그럼 작가가 '구'를 넣은 건 여덟 명 여인들까지 다 주인공으로 봐서 그런가?

작가의 의도는 나도 정확히 몰라. 그렇지만 이 작품은 여덟 명의 여인 각각의 캐릭터가 생생하게 살아 있어. 물론 철저하게 남성 중심적인 당시의 세계관에서 탄생한 작품임은 분명하지만, 그렇다고 해서 여성들이 성적으로 대상화하여 납작하고 상투적으로 묘사되어 있지 않아. 모두 개성이 뚜렷하고 저마다 매력이 있잖아. 여성 캐릭터의 다양한 개성과 매력 면에서 평가해 보면 솔직히 지금 나오는 영화나 소설 중에 이보다 못한 작품도 수두룩해.

흠…, 읽으면서 그런 생각은 못 했는데 엄마 말을 듣고 보니 시대를 앞서간 측면이 있긴 하네.

이제 작품의 주제로 들어가 볼까? 넌 이 작품을 통해 작가가 뭘 말하고 싶었다고 생각해?

정확히는 모르겠어. 그렇지만 아무리 봐도 인생무상, 뭐 이런 건 절대 아니야. (웃음) 아까도 말했지만 마지막에 승려로 돌아가 도를 닦다가 극락에 간다고 해서 "세속적인 성공은 다 허망한 거야"라고 말할 수 있느냐는 거지. 일단 분량부터가 양소유의 삶이 90퍼센트를 차지하는데. 게다가 성진의 현실은 마치 꿈처럼 환상적으로 느껴지고, 꿈속에서 양소유로 사는 삶이 꿈보다 훨씬 리얼해.

엄마 생각도 같아. 인생무상은 어디까지나 작가가 깔아 놓은 표면적 주제라고 봐야지. 숨겨 놓은 주제를 찾아내는 건 독자의 몫이고. 엄마가 생각하기에 이 소설은 한마디로 욕망에 관한 이야기, 더 정확히 말하면 욕망의 실현에 관한 이야기야.

꿈이 욕망의 실현을 위한 문학적 장치라는 말이지? 하긴 실제로도 이루지 못한 욕망이 아주 가끔 꿈으로 나타나기도 하니까. 대부분은 그냥 개꿈이지만.

그치. 엄마는 이번에 이 작품을 다시 읽으면서 요즘 아무 때나 언급되는 '메타버스'가 떠오르더라고.

메타버스? 그러고 보니 진짜 그러네? (웃음) 성진의 아바타가 양소유일 수도 있겠어. 성진이 꾸는 꿈은 3D 가상 현실이고. (웃음)

현실에서 이루지 못한 욕망의 실현이라는 측면에서 꿈과 문학, 더 넓게 보면 꿈과 예술은 밀접한 관련이 있잖아. 메타버스는 인류의 오래된 꿈이 첨단 테크놀로지 덕분에 현실화한 거고. 뭐, 이렇게 보면 문학이야말로 오래된 미래이고 오지 않은 과거라고 할 수 있지.

오래된 미래? 오지 않은 과거? 그게 무슨 말이야?

알쏭달쏭한 말이지? 그냥 그렇게 모호하게 놔둔 채 이리저리 생각해 보는 것도 괜찮아. 그게 바로 문학의 본질적인 매력이기도 하고. 수학처럼 답이 딱 떨어지면 무슨 재미로 굳이 문학을 읽겠어? 삶도 마찬가지야. 사는 것이 어떤 공식에 따라 착착 진행되고 모든 순간에 명확한 대답이 주어지면 과연 사는 맛이 날까? (웃음)

흠…, 무슨 말인지 모르겠지만 무슨 말인지 알 것 같기도 하고. 그런데 이런 느낌이 바로 문학적인 건가? (웃음)

함께 읽은 책

『정의를 찾는 소녀』, 유범상, 유기훈 그림, 마북, 2020.
『죽음의 수용소에서』, 빅터 프랭클, 이시형 옮김, 청아출판사, 2005.
『철학자와 늑대』, 마크 롤랜즈, 강수희 옮김, 추수밭, 2012.
『논어, 사람의 길을 열다』, 배병삼, 사계절, 2005.

『인문』

인문 파트의 문제의식을 한 줄로 요약하면
'어떤 삶이 좋은 삶인가'라고 할 수 있습니다.
우리가 지켜야 할 정의는 무엇이고 발견해야 할 삶의
가치는 무엇인지, 극한 상황에서 인간은 어떤 선택을 할 수
있고 해야만 하는지, 존엄은 인간에게만 있는 것인지,
다른 종(種)의 생명을 어떻게 바라봐야 하는지를
함께 생각해 봅시다.

13

나의 정의, 너의 정의, 우리의 정의

『정의를 찾는 소녀』(유범상)

방송통신대학교 사회복지학과 유범상 교수가 '생각하는 시민을 위한 정치 우화'를 콘셉트로 해서 쓴 책이다. 고대부터 비교적 최근까지 서양 정치와 경제의 바탕을 이룬 사상 속에서 정의를 어떻게 규정하고 주장했는지를 우화 형식으로 알려 준다.

우화의 주인공은 오즈의 마을에 사는 다람쥐 소녀 새미다. 새미가 살던 마을이 큰 수해를 당하는데, 새미는 해결책을 찾기 위해 미카엘라 요정에게 갔다가 요정의 권유와 도움으로 총 열두 개 마을을 방문하게 된다.

첫 번째로 방문한 이데아 빌리지에서는 코뿔소(플라톤)를, 두 번째로 방문한 상상 빌리지에서는 표범(토머스 모어)을 만나 그들이 정의롭다고 여기는 유토피아의 실상을 알게 된다. 세 번째로 방문한 에티켓 빌리지에서는 사슴(이마누엘 칸트)을, 네 번째로 방문한 유틸리티 빌리지에서는 너구리(제러미 벤담)을 만나 그들이 정의롭다고 믿는 윤리적 판단을 알게 된다. 다섯 번째로 방문한 마켓 빌리지에서는 고양이(애덤 스미스)를, 여섯 번째로 방문한 쇼핑몰 빌리지에서는 하이에나(프리드리히 하이에크)와 여우(로버트 노직)를, 일곱 번째로 방문한 블라인드 빌리지에서는 기린(존 롤스)을, 여덟 번째로 방문한 센달 빌리지에서는 거위(마이클 샌델)를 만나 자유주의에 기초한 정의가 무엇인지를 알게 된다. 아홉 번째로 방문한 오웬 빌리지에서는 고릴라(로버트 오언)를, 열 번째로 방문한 스머프 빌리지에서는 시베리아허스키(카를 마르크스)를, 열한 번째로 방문한 아이언 빌리지에서는 사자(이오시프 스탈린)를, 마지막 열두 번째로 방문한 웰페어 빌리지에서는 비버(윌리엄 베버리지, 아마르티아 센)를 만나 평등주의에 기초한 정의의 여러 모습을 알게 된다.

'정의란 무엇인가'라는 묵직하고도 만만치 않은 주제를 다루면서도 우화 형식을 빌려 청소년도 어렵지 않게 읽을 수 있으며, 각 마을의 지도자들인 동물들의 이미지가 해당 철학자·정치학자·경제학자와 그럴싸하게 맞아떨어지는 데서 오는 재미가 있다. 우화가 끝나면 책 말미에 '이 책을 더 재미있게 읽기 위하여'라는 제목으로 저자가 상세한 해설을 해 준다.

참고로, 김경민과 김비주는 이 책을 두 번 읽었다. 2020년 6월에 처음 읽었고, 지금 이 책을 쓰기 위해 2022년 1월에 다시 읽었다. 여기에

쓴 대화는 2020년 6월의 대화 내용과 2022년 1월의 대화 내용을 김경민이 합하고 편집해서 재구성한 것이다.

....

🧑 재작년에 이 책을 읽었을 때 어떤 동물의 정의가 가장 호감이 가느냐 물으니까 네가 했던 대답 기억나?

👩 내가 뭐라고 했는데?

🧑 가장 마음에 드는 동물을 고르기는 좀 고민되지만 가장 싫은 동물은 있다고 했어.

👩 당연히 사자라고 했겠네. 스탈린.

🧑 맞아. 다른 동물들이 주장하는 정의는 약점이 있어도 받아들일 구석이 있는데 사자는 그냥 나쁜 놈이라고.

👩 사실 나는 사자, 그러니까 아이언 빌리지가 평등 공동체의 하나로 묶여 있는 것부터가 이상해. 그게 무슨 평등 공동체냐고. 그냥 끔찍한 독재 사회지. 그런 곳에 무슨 정의가 있겠어?

🧑 너는 기억날지 모르겠는데 네가 초등학교 5학년 땐가 조지 오웰의 『동물 농장』˙을 읽고 나서 많이 괴로워했어. 거기에 나오

● 1945년에 조지 오웰이 발표한 소설. 인간의 착취와 압제에서 벗어나 자신들만의 이상 사회를 건설한 동물 공동체가 어떻게 타락해 가는지를 풍자하면서 구소련의 스탈린 독재를 신랄하게 비판한 우화 소설이다.

는 성실한 노동자, 우직한 일꾼을 상징하는 동물인 말 복서가 결국 도축 업자한테 팔려 가는 장면에서 엄청 충격을 받고는 가슴 아파했지.

그때 기분이 매우 안 좋았던 건 기억나. 아마 그래서 아이언 빌리지가 더 싫었나 봐.

아이언 빌리지가 반대파를 무조건 제거하는 독재자 때문에 변질한 평등 공동체라닌, 경제적 불평등은 당연하고 그 불평등을 그대로 받아들이는 게 정의라고 보는 곳이 쇼핑몰 빌리지인데 거긴 어떤 것 같아? 그 쇼핑몰 빌리지는 자유로워 보여?

돈이 많은 사람에게만 자유롭겠지. 돈이 없는 사람들에겐 아이언 빌리지 못지않은 지옥일 테고. 이 책에 "자유는 자유롭게만 놔둘 수는 없다"던가? 암튼 그런 말이 나왔는데 쇼핑몰 빌리지를 보니 무슨 말인지 알겠어.

재작년에 읽고 나서는 사슴(칸트)도 짜증 난다고 했던 것 기억해? 완전 꼰대 같다고 했잖아. 그런 사람이 아빠면 자식은 진짜 빡칠 거 같다고. 그래서 엄마가 그 사슴은 평생 독신으로 살았고 자식도 없었다고 안심시켰잖아. (웃음)

(웃음) 내가 그랬나? 지금은 그 정도로 비호감은 아니지만 여전히 썩 마음에 들지는 않아. 답~답~하잖아?

(웃음) 그래도 엄마는 너구리(벤담)보다는 사슴(칸트) 편이야. 엄마가 좀 고지식한 면이 있어서 그렇겠지만.

엄마는 누구의 정의가 가장 마음에 들어?

 글쎄…. 여기에 나오는 열두 개 빌리지 중에서 앞에 등장하는 유토피아의 두 빌리지와 윤리 공동체의 두 빌리지는 충분히 참고할 만하지만, 지금 이 시대와 직접적으로 연결되는 것은 자유 공동체로 묶이는 네 개의 빌리지와 평등 공동체로 묶이는 네 개의 빌리지일 거야. 일단 내가 대답하기 전에 너는 어느 쪽이 더 정의에 가깝다고 생각해?

 솔직히 잘 모르겠어. 그나마 평등 공동체 맨 마지막에 나온 '웰페어 빌리지'가 가장 나은 대안처럼 보이긴 하는데, 그것도 이런저런 문제가 있으니까.

 엄마는 자유 공동체의 세 번째 마을인 '블라인드 빌리지'의 정의가 완벽하지는 않더라도 일종의 기준점이 될 수 있지 않나 싶어.

 블라인드 빌리지? 기린으로 등장하는 존 롤스 말이야?

 응. 이 책에 나온 대로 롤스가 주장하는 정의의 핵심 개념은 두 가지야. 하나는 '최소 수혜자(운이 나빠서 분배의 몫에서 가장 적게 가져가는 사람) 배려'. 최소 수혜자의 이익에 부합하는 한에서 최대 수혜자의 이익을 허용하는 거지. 다른 하나는 그 유명한 '무지의 베일', 사실 이건 일종의 사고 실험에 가까운데, 아무도 자신이 어떤 능력과 지위를 얻을지 전혀 모르는 상태에서 자원을 분배하는 원칙을 세워야 한다는 가정이지. 내가 삼성가의 후계자로 태어날지, 최저 생계비조차 벌지 못하는 집에 태어날지 모른다고 하면 사람들은 어떻게 할 것인가.

 그런데 그 무지의 베일이라는 걸 완벽하게 설정할 수 있을까?

 그래서 일종의 사고 실험 같은 느낌이 든다는 거야. 그리고 이 책에서 거위로 등장하는, 롤스의 제자이기도 했던 마이클 샌델은 이런 정의가 너무 개인주의적이라고 비판하지. 하지만 이런저런 허점과 약점이 있어도 롤스의 정의론은 현대 민주주의 헌법의 토대가 됐다는 평가를 받고 있어. 사실 엄마가 깊게 공부하지 못해서 더 자세히 말하기가 조심스럽긴 한데, 롤스의 정의에 관해서는 고등학교 들어가면 윤리나 사회 과목에서 비중 있게 배울 거야.

 그렇군. 그러면 엄마는 평등주의자라기보다는 자유주의자인가?

 그런 것 같아. 엄마는 사회를 끌고 가는 기본은 자유여야 한다고 봐. 혁신은 자유에서 태어난다는 믿음이 있거든. 다만 그 자유 때문에 소외당할 수 있는 사람들, 그러니까 롤스의 용어를 빌리면 최소 수혜자를 위해서 평등이 자유를 통제해야 한다고 보는 견해지.

 그런데 이 책의 저자는 자유보다는 평등을 중시하는 것 같다는 느낌이 들었어.

 아무래도 이 책의 저자가 사회복지학 전공자여서 그런 건 아닐까? 같은 주제와 형식으로 철학자나 경제학자가 이런 책을 쓰면 어떨까 궁금하기도 해.

아! 그렇군. 그나저나 읽으면서 여기에 등장하는 인물들에 관해 아는 것이 좀 더 많았더라면 이 책이 더 재밌었을 것 같아. 내가 배경지식이 부족하니까 좀 아쉽더라고.

이제부터라도 알아 가면 되지, 뭐. 엄마도 여기에 등장하는 인물들을 다 알지는 못해. 다만 아는 인물과 해당 동물의 이미지가 아주 그럴듯하게 맞아떨어져서 재밌더라고. 그리고 설령 모르더라도 우화 형식이라 쉽고 재밌게 읽을 수 있잖아. 마치 디즈니 애니메이션처럼.

갑자기 웬 디즈니?

디즈니 애니가 그렇잖아. 배경지식을 몰라도 재밌게 볼 수 있고 알면 더 재밌게 볼 수 있고. 예를 들어 과거에 제국주의 국가들이 식민지를 침략하고 착취한 역사를 알면 〈겨울왕국2〉가 더 흥미롭게 다가오지만, 몰라도 나름의 재미와 감동을 느낄 수 있으니까.

그러고 보니 이 책도 디즈니 애니처럼 결말에서 반전이 있네. 그렇다면 주인공이 부르는 OST 제목은 '정의는 하나가 아니야!'인가? (웃음)

(웃음) 제목 좋네. 결국 이 책의 저자가 하고 싶은 말은 '나의 정의와 너의 정의가 다를 수 있음을 받아들이고, 그 사이에서 우리의 정의를 함께 찾아보자'인 것 같으니까.

『14』

절망보다 무서운 무의미

『죽음의 수용소에서』(빅터 프랭클)

오스트리아 출신 유대인 정신과 의사 빅터 프랭클이 2차 세계 대전 중 나치에 붙잡혀 3년 동안 강제 수용소에서 겪은 일을 기록한 책이다. 그곳에서 그는 다른 수감자들과 함께 살인적인 강제 노동에 시달리며 극심한 굶주림과 추위에 떨어야 했고, 죽음보다 더한 모멸감과 공포를 수시로 느껴야 했으며, 가족과 친구들이 가스실로 가는 모습을 맨정신으로 지켜봐야 했다. 남은 것이라고는 오로지 혹사당하는 자신의 몸뚱이 하나뿐인 상태에서, 강제 수용소에 갇힌 사람들은 충격과 공포를 거쳐 결국 무감각의 나락으로 떨어진다. 저자는 이 모든 과정을 온몸으로 겪어 내면서도 관찰자의 시선으로 담담하게 기록한다.

이 책은 3부로 구성되어 있다. 제1부 '강제 수용소에서의 체험'에서는 강제 수용소에서 겪은 고통스럽고 비참한 일을 심리적 거리를 유지한 채 구체적이면서도 담담하고 객관적인 시선으로 풀어낸다. 제2부 '로고테라피의 기본 개념'에서는 수용소 체험을 토대로 저자가 창안한 심리 치료 기법인 로고테라피를 소개한다. 참고로, 로고테라피(Logotherapy)는 '의미'를 뜻하는 그리스어 '로고스(Logos)'와 '치료'를 뜻하는 '테라피(therapy)'가 합쳐진 말이다. 제3부 '비극 속에서의 낙관'에서는 로고테라피의 핵심을 보충 설명하면서 삶에서 '의미'가 지니는 중요성을 다시금 강조한다.

김비주는 저자가 수용소 체험을 서술한 1부만 읽고 대화에 참여했음을 밝힌다.

 읽으면서 든 생각인데, 엄마는 이런 책을 좋아하나 봐.

 그래? 이런 책이 어떤 책인데?

 뭐랄까. 극단적으로 힘든 상황에 몰린 사람들 이야기 말이야.

 네가 정확하게 봤어. 사실 엄마는 픽션이든 논픽션이든 이런 이야기를 일부러 찾아서 읽는 편이야. 읽고 나서는 마음이 힘든데도 그래.

 도대체 왜?

 흔히 '죽음보다 못한 삶'이라고 여겨지는 극도로 비참한 상황

에서도 왜 인간은 자살을 하지 않고 살기를 택하는가, 단순히 죽음에 대한 공포 말고도 뭔가 다른 게 있지 않을까 진심 궁금하거든.

 죽음보다 못한 삶? 그렇게 판단하는 기준은 뭐야?

 오, 좋은 질문이야. 사실 이런 말 자체가 꽤 오만한 표현이라는 점을 엄마도 알거든. 어떤 상황에 직접 놓여 보지도 않고 저런 삶은 죽음보다 못하지 않을까 멋대로 판단하는 거니까. 다만 인간으로서 도저히 참을 수도, 더 이상 적응할 수도 없는 고통스러운 삶이 있잖아. 추위와 굶주림 같은 육체적 고통일 수도 있고, 극도의 모멸감과 배신감과 상실감 같은 정신적 고통일 수도 있고, 더 나아가 생존 자체를 위협하는 공포일 수도 있고. 엄마는 세상의 모든 고통과 죽음은 철저히 개별적이라고 생각해. 그러니 어느 누구도 타인의 고통과 죽음에 대해 함부로 말할 자격이 없다고. 설령 그 죽음이 자살이라 할지라도 말이야. 흔히 사람들은 누가 자살하면 그 이유를 궁금해하고, 특히 그 누군가가 유명인일 때는 각종 매체에서 이 호기심을 확대 재생산하느라 바쁘지. 그렇지만 우리는 그 반대의 경우를 더 알고 싶어 해야 하지 않을까? 자살해도 이상하지 않은 상황에서도 왜 사람들은 살기를 택하는가?

 그건 인간의 적응력 때문이 아닐까? 이 책을 보면 인간의 적응력이라는 게 상상을 초월하는 수준이잖아.

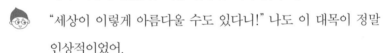

그치. 온통 어둠 그 자체일 것 같은 책인데 막상 읽다 보면 그 무시무시한 적응력 덕분에 예상치 못한 아름다움을 마주치게 되지. 엄마는 이 책 전체에서 가장 뭉클했던 대목이 여기야. 포스트잇 붙인 부분 그대로 읽어 볼게. "어느 날 저녁이었다. 죽도록 피곤한 몸으로 막사 바닥에 앉아서 수프 그릇을 들고 있는 우리에게 동료 한 사람이 달려왔다. 그러고는 점호장으로 가서 해가 지는 멋진 풍경을 보라는 것이었다. 밖에 나가서 우리는 서쪽에 빛나고 있는 구름과, 짙은 청색에서 핏빛으로 끊임없이 색과 모양이 변하는 구름으로 살아 숨 쉬는 하늘을 바라봤다. 진흙 바닥에 파인 웅덩이에 비친 하늘의 빛나는 풍경이 잿빛으로 지어진 우리의 초라한 임시 막사와 날카로운 대조를 이루고 있었다. 감동으로 인해 잠시 침묵이 흐른 뒤, 누군가가 이렇게 말했다." 다음 문장은 네가 읽어 봐.

"세상이 이렇게 아름다울 수도 있다니!" 나도 이 대목이 정말 인상적이었어.

엄마는 이 책을 처음 읽을 때 이 부분에서 막 눈물이 나왔어. 날마다 살인적인 강제 노동에 시달리고, 감시병한테 무자비한 모욕과 구타를 당하고, 하루에 묽은 수프 한 그릇과 딱딱한 빵 한 조각만 겨우 먹을 수 있는 만성적인 굶주림 상태에서도, 무엇보다 언제 죽을지 모르는 공포스러운 상황에서도 사람은 "세상이 이렇게 아름다울 수도 있다니!"라는 말을 할 수 있는 존재라는 거야.

누구보다 이 책을 쓴 빅터 프랭클 박사가 정말 대단하다고 생각해. 먼저 들어온 선배 수감자의 조언대로 살아남기 위해, 그러니까 노동을 할 수 있는 사람으로 보이기 위해 매일 유리 조각으로 면도를 하잖아. 솔직히 나는 이 책을 읽기 전에는 온통 끔찍하고 비참한 이야기만 있을 것 같아서 읽기가 좀 겁났어. 그런데 막상 읽어 보니 너무 침착하고 담담하게 말하는 거지. 그런 일을 겪고도 말이야.

맞아. 바로 그 점이 이 책을 더 빛나게 해. 만일 저자가 시종일관 나치를 악마로 성토하면서 격정적인 고발체로 글을 썼다면 이 책은 높은 평가를 받지 못했을 거야. 저자는 내 편 네 편 갈라서 사람들을 선악 구도로 몰아가는 대신 차분하고 덤덤한 관찰자의 시선으로 다른 사람과 자기 자신을 들여다봐. 그러다 보니 나치 감시병 중에도 괜찮은 사람들이 있고, 수감자 중에도 야비한 사람들이 있다는 것을 있는 그대로 보게 되지. 있는 그대로 본다고 해서 나치의 끔찍한 범죄가 덮이는 것도 아니고 무고하게 희생당한 사람들을 모욕하는 것도 아니지만, 이런 태도를 유지할 수 있는 사람은 흔치 않아.

아까 처음 이야기로 돌아와서, 사람이 절망적인 상황에서도 자살하지 않는 이유에 대해 저자가 이런 말을 하잖아. "절망은 오히려 자살을 보류하게 만든다"고. "오히려 가스실이 있다는 사실이 사람들로 하여금 자살을 보류하게 만들었다"고. 이 말을 엄마는 어떻게 생각해? 나는 알 것 같기도 하고 모를 것 같기도 하거든.

저자가 이 말을 논리적으로 상세하게 풀어 주지는 않아서 정확한 의미는 엄마도 몰라. 다만 추측해 볼 수는 있겠지. 생존 자체가 시시때때로 위협받는 상황이라면 사람은 살아남는 것 자체가 가장 중요한 삶의 목표가 되지 않을까? 실제로 전쟁 기간에는 자살률이 뚝 떨어진다고 해. 흔히 절망을 죽음에 이르는 병이라고 하지만 저자는 사람을 스스로 죽게 만드는 것은 절망이 아닌 '무의미'라고 말하잖아. 더 이상 살아남을 가망이 없어 보일 때조차 자신이 살아야 하는 '의미'를 부여잡고 있는 사람은 산다고. 한마디로 '왜(why) 살아야 하는지를 아는 사람은 그 어떤(how) 상황도 견뎌 낼 수 있다'고.

저자는 사랑하는 아내를 다시 만날 생각을 하면서 버티잖아. 그 대목이 너무 감동적이면서도 슬펐어. 결국 아내도 아우슈비츠에서 죽었잖아.

아내뿐 아니라 부모 형제 다 죽었지. 저자와 여동생 한 명 빼고는.

생각하면 할수록 참 끔찍한데, 그런 고통 속에서도 고통의 의미를 찾는 자세가 정말 놀라워. 엄마라면 어떨 것 같아?

엄마는 아마 수용소에 들어가지도 못했을 거야. 노동력 없어 보이는 저질 체력이라 도착하자마자 가스실로 직행하지 않았을까? (웃음) 농담이고, 만일 엄마가 그런 상황에 놓였다면 아마 너랑 네 동생을 다시 만날 수 있다는 희망으로 견뎠을 것 같아. 지금 엄마에게 가장 큰 삶의 의미는 너희니까. 너희는 엄마와 아빠로 인해 생겨났고, 그렇기 때문에 엄마와 아빠는 너희에게 책임이 있어. 엄마는 사람을 평가하는 가장 중요한 기준을 책임감의 유무로 보거든. 저자인 빅터 프랭클 박사도 삶에서 의미와 책임이 가장 중요하다고 하잖아. 그나저나 방금 네가 '고통 속에서도 고통의 의미를 찾는 자세'라고 했는데, 이 책 전체를 관통하는 핵심 요약 같네.

책에 인용된 도스토옙스키의 말이 인상적이었어. "내가 세상에서 한 가지 두려워하는 것이 있다면 그것은 내 고통이 가치 없는 것이 되는 것이다."

니체의 이런 말도 인용됐지. "나를 죽이지 못한 것은 나를 더욱 강하게 만들 것이다."

엄마는 이런 말에 전적으로 동의해? 나는 솔직히 잘 모르겠어. 물론 시련과 고통이 사람을 성장시키기도 하지만 망가뜨리는 경우가 더 많지 않아?

물론이지. 시련과 고통은 지나간 뒤에도 트라우마를 남기니까. 다만 저자가 말하는 것은 그래서 시련과 고통이 필요하다는 뜻이 아니잖아. 저자도 일부러 겪을 필요는 없다고 분명히 말하고. 다만 그 시련과 고통이 무가치하지는 않다는 점을 강조하는 거지. 그래서 살아야 하는 '의미'를 찾는 게 중요하고. 사람마다 어느 정도 차이는 있겠지만 어느 누구에게도 시련과 고통을 완벽하게 막을 능력은 없어. 그래서 중요한 것은 도저히 피할 수 없는, 정말 어쩔 수 없는 시련과 고통이 왔을 때, 그것을 이겨 낼 수 있는 삶의 의미지. 다만 여기서 중요한 것은 그 의미가 '주어지는' 것이 아니라 각자가 '찾아내고 만들어 내야' 하는 것이라는 진실이야. 흔히 사람들은 자신이 사는 이유가 자신도 모르게 주어질 테고 또 주어져야 한다고 믿지만, 그건 착각이라는 거야. 인간에겐 살아갈 이유, 즉 삶의 의미를 스스로 찾아야 할 '책임'이 있거든. 중요한 것은 우리가 삶에서 무엇을 기대하느냐가 아니라 삶이 우리에게서 무엇을 기대하느냐, 라고. 그리고 그에 대한 답은 말이나 명상이 아니라 다름 아닌 '올바른 행동과 올바른 태도'에서 찾아야 한다고. 인간이란 가장 절망적인 상황 속에서도 살아야 할 의미와 책임을 잃지 않는다면 살 수 있는 강인하고 존엄한 존재라는 점을 자신의 체험을 근거로 구체적인 에피소드를 통해 보여 주기 때문에 이 책을 '인생책'으로 뽑는 사람이 많은 것 같아. 엄마도 그중 한 사람이고.

 올바른 행동과 올바른 태도라…. 하긴 그렇게 비참한 상황에서도 끝까지 인간의 존엄을 잃지 않은 사람들 이야기는 정말 감동적이었어. 치 떨리게 잔인한 사디스트들도 있었지만 배급받은 빵을 나눠 주는 사람도 있었다는 사실이 참 여러 생각을 하게 만들더라고.

저자는 모든 자유를 다 빼앗긴 상태에서도 단 하나의 자유는 분명히 남아 있었다고 말하지. 그런 상태에서 어떤 마음과 태도를 견지할지를 '선택'하는 자유. 저자의 표현을 빌리자면 '환경의 노리개'로 전락할 것인가, 아니면 끝내 존엄한 사람으로 남을 것인가.

『15』

과연 인간만이 존엄한 존재인가

『철학자와 늑대』(마크 롤랜즈)

마이애미대학교 철학과 교수인 저자가 11년간 늑대와 함께 살면서 경험하고 느낀 점을 풀어낸 대중 철학서다. 저자 마크 롤랜즈는 2년 차 조교수이던 27세 때 '96퍼센트 새끼 늑대 판매'라는 광고를 보고 생후 6주 된 새끼 늑대에게 한눈에 반한다. 판매인이 그 늑대는 96퍼센트 늑대가 아니라 100퍼센트 순수 늑대라고 알려 주지만 롤랜즈는 그 늑대를 집으로 데려와 '브레닌'이라는 이름을 붙여 주고 함께 산다. 말 그대로 야생 늑대인 브레닌은 도착하자마자 그의 집을 초토화하지만, 그는 늑대와 형제처럼 공생하는 삶에 드디어 성공하고, 브레닌이 병으로 세상을 떠날 때까지 11년을 함께 산다.

마크 롤랜즈는 자신의 늑대 형제인 브레닌을 통해 인간의 본성과 관계를 맺는 것의 본질, 진정한 행복과 사랑에 관한 통찰을 얻는다. 이 책을 두고 정치 철학자 존 그레이는 "인간 자신에 대한 시각을 재평가 하게 만드는 역사적 철학서로 기록될 것"이라고 평가했으며, 영장류학 자 프란스 드 발은 "한 마리 동물이 이토록 깊은 성찰을 이끌어 내다 니… 이룰 수 없는 사랑에 대한 회고록 같다"고 극찬했다.

지금까지 네가 읽어 온 책 중에서는 좀 독특했을 책일 것 같은 데, 어땠어?

독특하기도 하고 좀 이해하기 어려운 부분들이 있었어. 아무래 도 내가 철학과 관련된 배경지식이 별로 없어서 그런 듯.

그래도 완독을 했네? 끝까지 읽게 한 이유가 있지 않을까?

늑대 브레닌 때문이 아닐까? 동물 이야기는 감정을 깊숙이 건 드리는 지점이 있어.

엄마는 이 책을 오랜만에 다시 읽다가 문득 네가 일곱 살 때 정육점에서 했던 말이 떠올랐어. 너는 기억할지 모르겠지만 자 주 가던 정육점에 양돈협회? 한돈협회? 뭐 이런 데서 만든 광 고 포스터가 붙어 있었거든. 돼지고기를 많이 먹으라는 목적으 로 만든 것 같았는데, 활짝 웃는 핑크색 돼지가 앞치마를 두르 고 프라이팬을 들고 있는 그림이었어. 그 포스터를 보자마자 네가 저게 뭐냐고, 너무 기분이 안 좋다고 막 얼굴을 찡그렸어.

돼지가 자기를 먹어 달라는 거냐, 어떻게 저런 그림을 그릴 수 있느냐면서. 혹시 기억나?

잊어버리고 있었는데 엄마가 얘기하니까 그 광고 그림이 딱 떠오르네. (웃음) 지금 생각해도 진짜 어이없어.

사실 엄마는 그때 네 반응을 보고 네가 철학에 소질이 있다고 생각했어. (웃음)

헐~! 그게 무슨 철학까지? 그건 당연한 반응 아냐?

대부분 사람들은 그 그림을 봐도 별다른 느낌이 없으니까 그런 그림이 나오지 않았겠어? 엄마는 철학이라는 것이 거창한 게 아니라 '문제 발견'에서 시작한다고 생각하거든.

그런가? 사실 돼지고기를 먹다 보면 돼지도 사람처럼 고통을 느끼는 존재라는 생각을 하기는 어려울 것 같아. 그런 생각을 하다 보면 먹는 것 자체가 힘들 테니까.

서론이 좀 길어졌는데, 본격적으로 책 얘기를 해 볼까? 저자는 일단 인간이 다른 존재와 확연히 구분되는 특별한 존재라는 믿음에 동의하지 않잖아. 오직 인간만이 선악을 구별할 수 있고, 이성이 있고, 언어를 사용하고, 자유 의지를 지녔고, 사랑을 할 수 있고, 진정한 행복의 근원과 특징을 이해한다, 뭐 이런 주장 자체에 회의적이지. 인간과 동물의 경계는 대개 확연하지 않다는 거야. 그리고 자신의 이러한 생각을 11년 동안 늑대와 함께 살며 얻어 낸 통찰로 풀어내잖아. 어떤 대목에서는 저자

137

가 늑대에 빙의했나 싶을 정도로 인간이 아닌 늑대의 눈에 비친 인간의 모습을 이야기하는 것 같기도 하고. 이런 태도가 낯설게 느껴지지는 않았어?

 나는 그런 점이 오히려 흥미로웠어. 특히 영장류와 늑대를 비교하는 부분. 흔히 말하는 사회적 지능이라는 것이 사실은 거짓말과 속임수와 계략을 핵심으로 하는데, 사실 영장류가 늑대보다 뛰어난 건 이 지능뿐이라고. 이와 대조되는 단독자로서 늑대의 위엄을 묘사하는 대목은 너무 늑대 중심적인 사고?(웃음)가 아닌가 싶기도 하지만 구체적인 에피소드와 함께 이야기하니 막 설득되더라니까? 나는 실존주의가 뭔지 잘 모르고 하이데거라는 철학자는 이 책에서 처음 접했지만 저자의 이런 주장에 동감이 됐어. 하이데거는 '나는 가치가 있는가'라는 실존에 대한 의문을 품을 수 있는 점이 인간만의 특징이자 가치라고 했고, 바로 이 점 때문에 사람들은 인간이 동물보다 우월하다고 주장하는데, 저자는 이건 다분히 인간 중심적인 오만한 사고라고 하잖아. '우월하다'라는 단어가 정확히 무엇을 뜻하는지를 이해하기란 매우 어렵고, 인간이 다른 동물보다 우월하다는 객관적 근거가 없다고.

 그랬구나. 엄마는 행복을 바라보는 저자의 생각이 흥미롭고 많이 공감됐어. 저자는 행복이 즐거운 동시에 불편하다고 해. 그건 저자 자신은 물론 브레닌에게도 마찬가지야. 저자는 이 말이 고진감래를 뜻하는 것이 아니라고 못 박아. 고진감래는 고생이 다하면 즐거움이 온다는 인과관계를 말하잖아? 고생해 보지 않은 사람은 즐거운 일이 생겨도 그 소중함을 알 수 없지. 그렇다고 고생 때문에 불편한 것은 아니야. 행복 자체가 불편함을 포함하고 있는 것이지. 불편함은 행복의 충분조건으로서, 불편함을 포함하지 않는 행복을 말할 수는 없어. 즐거움과 불편함이 합해져야 온전한 행복인 거야.

나는 그 대목이 잘 이해되지 않고 알쏭달쏭해서 두 번 읽었어. 정확히 무슨 뜻이야?

정확히 무슨 뜻인지 단정할 수는 없지만 엄마는 이렇게 이해했어. 우리가 앞에서 『멋진 신세계』를 읽고 이야기할 때도 비슷한 얘기가 나왔던 것 같은데, 행복은 단순히 쾌락이나 안락 같은 게 아니라는 뜻이지. 그건 행복을 너무 얄팍하게 보는 시각이야. 행복은 유쾌함이나 즐거움보다는 소중함이나 충만함 쪽에 가깝다는 말이야. 쾌락은 어디까지나 필요조건이지 충분조건이 아니라는 거. 스스로 소중하고 충만하다고 느끼는 삶의 의미가 결합되어야 진짜 행복이라는 거지. 그 의미는 때때로 불편하고 불행한 감각을 지니게 만들고.

그래서 저자가 자기 인생 최고의 순간을 아픈 브레닌을 치료하면서 신을 저주했던 지옥 같은 시간으로 꼽는 거야? 갈수록 더 모르겠군. (웃음)

물론 그 시간은 몹시 괴로운 시간이었어. 그렇지만 브레닌이 자신에게 얼마나 소중한 존재인지, 자기가 브레닌을 얼마나 사랑하는지를 온몸으로 알게 해 준 시간이었지. 그나저나 브레닌이 죽을 때 너무 슬프더라. 저자가 브레닌에게 마지막으로 한 말이 이거잖아. "우리 꿈에서 만나자." 자식이 죽어 가는 모습을 보는 부모라면 정말 이 말이 나올 것 같아. 저자는 브레닌을 자식이라기보다는 형제로 여겼지만.

흠…, 엄마 말을 들으니 그 말이 되게 짠하네.

혹시 저자 소개를 봤는지 모르겠지만 저자는 동물권을 다룬 책도 여러 권 썼어. 엄마가 요즘 동물권에 관심이 있다 보니 저자가 채식주의자가 된 과정도 감동적이더라고. 스테이크에 아주 환장하던 사람이 브레닌을 키우면서 무려 채식주의자가 되잖아. 이거야말로 진짜 사랑이 아닐까 싶어. 모든 사람이 채식주의자가 될 수는 당연히 없겠지만, 육식을 점점 줄이면서 대체육을 개발하는 방향으로 가야 한다고 생각하거든. 지구 환경을 생각해서라도.

나도 방향은 그쪽으로 가는 게 옳다고 생각해.

정말? 좀 뜻밖인데? 동물을 더욱 쾌적한 환경에서 기르자는 주장, 그러니까 동물 복지에는 사람들이 대체로 공감하지만 한 차원 더 들어가 육식 거부 이야기가 나오면 너무 과격하고 비현실적인 몽상이라고 공격하는 사람들도 많거든. 이 문제는 동물을 어떻게 보느냐, 그러니까 고통을 느끼는 생명으로 보느냐 아니면 단순한 식재료로 보느냐 하는 근본적이면서 철학적인 질문과 맞닿아 있지. 엄마는 네가 동물 복지에는 찬성하더라도 육식 거부에는 저항감을 느끼지 않을까 예상했어.

 그런 식으로 따지면 노예제를 폐지하자는 주장도 처음엔 과격하고 비현실적인 몽상이지 않았겠어? 그 시기에는 노예제가 상식이었으니까. 물론 모든 사람들이 당장 육식을 끊고 채식을 하기는 어렵지. 고기를 먹는 사람에게 다른 사람이 먹지 말라고 강요할 권리도 없고. 그런 강요는 너무 폭력적으로 느껴져. 그렇지만 동물, 특히 포유류는 인간 못지않게 고통을 생생하게 느낀다고 하잖아. 개나 고양이만이 아니라 소나 돼지도 똑같이 느낀다고.

 페이스북을 보다 보면 반려견을 자식처럼 키우는 사람이 길고양이에게 사료 챙겨 주는 사진을 올리고는 꼴랑 한 시간 지나서 불판 위에 놓인 시뻘건 고기 사진을 올려. 그런 걸 보면서 엄마는 고기를 완전히 끊지는 못하더라도 최소한 고기 먹는 사진은 올리지 않기로 했어. 그런 사진에 '좋아요'도 안 찍고. 써 놓고 보니 참 소심하고 하찮은 실천이긴 하다만. (웃음)

 소심하지만 나름 의미 있는 실천 같기는 하네. (웃음) 그런 실천이 모이면 적어도 고기 먹는다고 자랑하는 문화는 없어지겠지.

『16』

매트릭스에서 얼른 탈출해!

『논어, 사람의 길을 열다』(배병삼)

논어 연구가 배병삼 교수가 쓴 『논어』 해설서. 논어 첫 장인 「학이(學而)」부터 마지막 장인 「요왈(堯曰)」 편까지 총 20편에서 저자가 핵심이라고 생각한 구절을 뽑아 번역하고 거기에 저자의 에세이를 붙인 형식으로 구성되어 있다. 『논어』의 구절을 저자가 현대적인 감각에 맞게 번역하고, 그 의미를 쉽고 깊이 있게 해설하면서 자신의 생각과 감상을 곁들여 서술한다. 청소년도 어렵지 않게 읽을 수 있어서 『논어』 입문서로 추천할 만하다.

 아드님, 일단 이 책 완독한 것을 축하하고 칭찬합니다!

(웃음) 갑자기?

이 책이 어려운 내용은 아니지만, 책 제목만 보고 고리타분하다고 거부할 수도 있었는데 그러지 않고 끝까지 읽었잖아.

사실 나도 제목만 보고 완전 재미가 없을 줄 알았거든? 물론 소설처럼 흥미진진하지는 않았지만 생각보다는 읽을 만하더라고.

엄마는 이런 책으로 『논어』를 접한 게 아니고 그냥 『논어』 자체를 처음부터 끝까지 번역한 책을 읽었어. 그때가 수능 끝나고 대학에 입학하기 전, 그러니까 시간이 미어터져서 주체하기 어려울 때였는데 완전 충격받았잖아. 너무 재미가 없고 싱거워서! (웃음)

(웃음) 그래? 그 정도였어?

그러다가 서른일곱 살엔가 이 책을 읽고 나서 『논어』를 다시 찾아 읽었는데, 아…! 왜 이렇게 꽂히는 구절이 많은 것이냐. 일단 첫 대목부터 말이야.

"배우고 때로 익히면 기쁘지 아니하랴! 벗이 먼 곳에서 찾아오면 즐겁지 아니하랴! 남이 알아주지 않아도 성나지 않는다면 군자가 아니랴!"

처음 읽었을 때는 '이게 뭐야' 싶었거든. 천지 창조하는 「창세기」랑 비교해 봐도 너무 소박하다 못해 초라하잖아. 그런데

사람은 다면적이고
복합적인 그물망 안에
자리하느니라.

약 20년이 흐른 후에 "남이 알아주지 않아도 성나지 않는다면 군자가 아니랴!"를 읽는 순간 울컥하는 거야.

 왜?

 이게 너무너무너무 어려운 일이라는 걸 살면서 깨달았으니까. 저자도 책에서 얘기하듯이 대다수 사람들은 살다 보면 인정받는 일보다 무시당하고 오해받는 일이 더 흔하지. 무시와 오해 앞에서 평온을 유지하기란 거의 '미션 임파서블'이거든. 게다가 이 책에서는 저자가 '성내지 않는다'고 하지 않고 '성나지 않는다'고 번역했는데, 이걸 보고는 나도 모르게 무릎을 쳤다니까. 저자의 말대로 '성내지 않는다'는 아직 남의 평가에서 심리적으로 벗어나지 못한 거지. 속으로는 화가 나지만 그 화를 드러내지 않을 뿐. 그런데 '성나지 않는다'는 세상의 시선이라는 족쇄에서 풀려나 내면의 평화에 이른 상태지. 나로선 부럽기도 하고 존경스러운 경지야.

 그렇군. 나는 공자가 현실적이고 합리적인 사람 같아서 그 점이 마음에 들었어. "선생님께서는 괴상한 것, 폭력에 관한 것, 혼란한 것 그리고 신비한 것(괴력난신, 怪力亂神)에 대해선 말씀이 없으셨다"라는 말, 제자에게 "귀신을 공경하되, 가까이하진 말라"고 충고한 것도 공감이 되고. 나는 SF 소설이나 판타지 소설은 좋아하지만 그 외의 것들이 허무맹랑하면 딱 질색이거든. 그리고 이 부분도 좋았어.

"선생님에겐 네 가지가 전혀 없었다. 첫째, 억지로 하는 일이 없었다. 둘째, 이것만은 꼭 해야겠다는 결의가 없었다. 셋째, 고집하는 것이 없었다. 넷째, '나'라는 의식이 없었다."

이 책을 읽기 전에는 공자에 대한 막연한 선입견이 있었어. 되게 고지식한 꼰대 할아버지일 거라는 느낌. 그런데 이 책을 읽어 보니 큰 원칙만 지키면 제자들도 자연스럽고 편하게 대한 사람 같아.

그치. 엄마가 자주 느끼는 건데, 뭐든 중심과 오리지널은 편안하고 자연스러워. 변두리와 짝퉁이 요란하고 경직되어 있지. 중용이나 균형 감각이라는 것도 이 자연스러움에서 나오는 듯하고. 엄마도 경험상 막연히 느끼는 정도라 더 명확한 말로 설명할 능력은 없다만. 그런데 네가 생각하는 이 책의 결정적인 장면을 하나만 꼽자면?

'극기복례(克己復禮)'를 영화 〈매트릭스〉를 끌어와 설명하는 12장 「안연(顔淵)」 편 아냐?

와우! 역시 일치하는군! 엄마도 그 부분이 가장 흥미로웠어. 공자 사상의 핵심을 보통 '인(仁)'이라고 꼽는데, 공자는 인이 무엇이냐고 물어보는 제자들에게 각각 다른 대답을 하거든. 그런데 가장 아끼는 제자 안연에게는 '극기복례'라고 말해. 엄마는 『논어』를 처음 읽었을 때 이 대목이 가장 황당했어. 글자 그래도 풀이하자면 '자기를 극복하고 예로 돌아간다'는 뜻인데, 그렇다면 '예(禮)'는 또 뭐냐는 거지. 여기에 대해 공자는 명확한 정의를 내리지 않아. 인(仁)도 알쏭달쏭한데 그걸 더 알쏭달쏭한 극기복례라는 말로 설명하다니 말이야. 암튼 그렇다 보니 이건 또 무슨 뜬구름 잡는 소린가 싶었거든. 그런데 이 책은 굉장히 설득력 있게 설명해 주더라고. 그나저나 〈매트릭스〉는 봤지? 그 영화 어땠어? 재밌지?

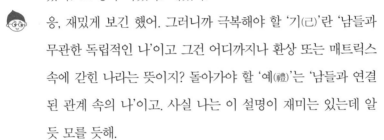

응, 재밌게 보긴 했어. 그러니까 극복해야 할 '기(己)'란 '남들과 무관한 독립적인 나'이고 그건 어디까지나 환상 또는 매트릭스 속에 갇힌 나라는 뜻이지? 돌아가야 할 '예(禮)'는 '남들과 연결된 관계 속의 나'이고. 사실 나는 이 설명이 재미는 있는데 알 듯 모를 듯해.

엄마 수준에서 나름 이해한 바를 말해 보면 이거야. 공자가 생각한 '나'는 지금 우리가 흔히 생각하는 '나'와 많이 다른 것 같아. 이 점을 이해해야 '극기복례'뿐 아니라 『논어』 전체를 제대로 이해할 수 있지 않을까 싶어. 공자는 '남들과 구별되는 특별한 나'를 허상이라고 봤어. 그런 자아는 애초에 없는 거니까. 인간이란 어디까지나 거미줄처럼 얽힌 관계의 그물망 속에 있는 '사이'이며 관계라는 것. 개별적인 실체가 내뿜어 대는 아집, 독선, 에고, 자기중심, 이기심은 유아기를 벗어나 성인이 되면 극복되어야 하는 것이며, 그걸 각성하고 실천하면 누구나 인

(仁)이라는 경지에 이를 수 있다고 믿은 것 같아.

음…, 분명히 맞는 말이긴 한데 좀 위험하다는 생각도 들지 않아? 자칫 잘못하면 개인의 독립성과 자율성을 침해할 수 있지 않을까?

오, 아주 좋은 지적이야. 사실 우리 사회는 국가주의, 집단주의를 명분으로 개인의 인권을 짓밟아 온 어두운 역사가 있어. 우리 사회뿐 아니라 다른 나라도 마찬가지지만, 유독 우리나라를 비롯해 동아시아가 이런 성향이 강하고. 지금도 이 문제에서 자유롭지 못하기도 하고. 하지만 공자가 말하는 '나[我]'는 집단주의 속에서 신음하는 개인이 아니야. 내가 남들과 연결되어 있기에 남들도 나만큼 중요하다고 생각하는 개인이지.

그런데 왜 나는 공자의 생각이 낯설게 다가오는 느낌일까?

아마도 공자의 자아가 아닌 서구적 자아, 그러니까 '다른 누구와도 구별되는 독립적인 자아'가 지금 이 세계의 '자아 표준 모델'처럼 포맷되어 있어서 그렇지 않을까? 예전에 무슨 분유 광고 중에 이런 카피가 있었어. "내 아이는 특별하다." 광고 카피 중에 경박한 건 한두 개가 아니지만 엄마는 이게 참 돼먹지 않은 말 같아서 너무 싫더라고. 내 아이'는' 특별하다니. 내 아이 '도' 특별하다면 모를까. 어떤 아이도 다른 아이보다 특별하지 않아. 내 아이는 다른 아이가 특별한 만큼만 특별하지. 엄마에게 너는 세상에서 가장 소중한 아들이지만, 그렇다고 해서 엄마는 네가 다른 아이들보다 특별하다고 생각하진 않아. 그저 내 목숨보다 귀한 아들이고 엄마는 너를 세상에 존재하게 한 책임이 있으니 최선을 다해 키울 뿐이야. '너는 여느 사람과 다르게 특별하다'며 키워진 아이가 어떤 어른이 될지 생각해 봐. 이 저자의 표현을 빌리자면 그런 말은 아이를 매트릭스에 가둬 놓는 게 아닐까?

엄마 말을 듣고 보니 갑자기 코로나 때문에 벌어진 일들이 떠오르네. 다른 사람을 배려하는 것을 개인의 자유를 침해하는 것으로 받아들이는 사람들을 보면 왜 저럴까 싶었는데, 이제 알 것 같기도 해.

그치. 진정한 친절이란 다정한 미소 따위가 아니라 내가 좀 불편하더라도 다른 사람을 배려하는 태도 아닐까. 남을 배려하고 돌보는 마음은 나 자신이 관계적 존재임을 알고 실천하는 행위인 거고. 물론 이것이 일방적으로 강요되어 개인에게 억압으로 작용하면 안 되겠지. 더 위험한 일은 폭력적 이념으로 변질해서 취약한 사람들의 희생을 낳는 형태로 가는 거고. 공자는 배려와 돌봄의 미덕을 지위 고하를 막론하고 모든 사람이 기꺼이 선택해서 실천하는 세상을 꿈꾼 것 같아. 이게 참 꿈만 같은 이상인데, 이것이야말로 요즘 같은 때, 아니 어쩌면 앞으로 펼쳐질 시대에 더 필요한 덕목이 아닐까 싶어.

함께 읽은 책

『팩트풀니스』, 한스 로슬링·올라 로슬링·안나 로슬링 뢴룬드, 이창신 옮김, 김영사, 2019.
『자본주의 할래? 사회주의 할래?』, 임승수, 우리학교, 2020.
『잠깐 애덤 스미스 씨, 저녁은 누가 차려줬어요?』, 카트리네 마르살, 김희정 옮김, 부키, 2017.
『선량한 차별주의자』, 김지혜, 창비, 2019.

『사회』

사회 파트의 문제의식을 한 줄로 요약하면
'어떤 세상이 좋은 세상인가'라고 할 수 있습니다.
소유와 평등 중 무엇이 더 중요한지, 임금이 지급되지 않는
그림자 노동을 어떻게 봐야 하는지, 차별의 본질적 속성이
무엇이고 차별을 포함한 모든 사회 현상 앞에서 우리는
어떤 태도를 보여야 하는지를 함께 생각해 봅시다.

『**17**』

> ## 복잡함을 끌어안아라

『팩트풀니스』(한스 로슬링 외)

스웨덴의 공중 보건 전문가이자 통계학자인 한스 로슬링이 그의 아들 올라 로슬링, 며느리 안나 로슬링 뢴룬드와 함께 쓴 책이다. 이 책의 제목이기도 한 'Factfulness'는 대표 저자인 한스 로슬링이 만들어 낸 용어다. 우리말로는 '사실충실성'으로 번역되어 있으며, 막연한 느낌이 아닌 '팩트'에 근거해 세계를 바라보고 이해하는 태도와 관점을 뜻한다.

　이 책은 저자가 독자에게 13개 문항을 던지면서 시작한다. 오늘날 전 세계 모든 저소득 국가에서 초등학교를 나온 여성의 비율과 지난 20년간 세계 인구에서 극빈층 비율은 어떻게 바뀌었는가, 오늘날 세계 기대 수명은 몇 세인가 등의 문제를 삼지 선다형으로 던지는데, 그 결과 그 질문에 답한 사람들의 평균 정답률은 16퍼센트에 불과했다. 이는 침팬지가 정답을 무작위로 고를 때의 33퍼센트보다도 훨씬 낮은

152

수치다.

저자는 '우리가 세상을 오해하는 10가지 이유와 세상이 생각보다 괜찮은 이유'라는 이 책의 부제 그대로 이러한 결과가 나온 원인을 '느낌'을 '사실'로 인식하는 인간의 10가지 비합리적 본능(간극 본능, 부정 본능, 직선 본능, 공포 본능, 크기 본능, 일반화 본능, 운명 본능, 단일 관점 본능, 비난 본능, 다급함 본능)에서 찾는다. 예를 들어 전 세계 인구는 대부분 중간 소득 국가에 살고 있는데도 사람들은 이분법적 사고를 추구하는 본능(간극 본능)이 있어서 세계를 잘사는 나라와 못사는 나라 둘 중 하나로만 인식한다. 또한 각종 매체가 워낙 극단적이고 부정적인 소식을 주로 보도하다 보니 사람들은 일상적으로 일어나는 사건보다 전쟁, 자연재해, 부패, 유행병, 대량 해고, 테러 등 빈도수가 현저히 낮은 일에 더욱 주목하고 민감하게 반응하면서 주변 세계를 지나치게 부정적으로 인식(부정 본능)한다. 저자는 세계를 제대로 이해하려면 이러한 본능들이 극복되어야 함을 다양하고 풍부한 사례와 통계 자료를 근거로 제시하며, '세계는 (우리 생각과는 달리) 점점 좋아지고 있다'는 주장을 펼친다.

....

이것부터 물어보지 않을 수가 없군요. 김비주 씨는 13문항 중 몇 개나 정답을 찍으셨나요? (웃음)

6개.

오~, 정말? 침팬지보다 우수하군! 생각보다 제법 잘 찍었는데? (웃음)

저자가 물어보는 의도를 대충 눈치채고 찍었는데도 의외의 정답이 많더라고. 예를 들어 전 세계 1세 아동 중 어떤 질병이든 예방 접종을 받은 비율이 80퍼센트이고, 세계 인구 중 어떤 식으로든 전기를 공급받는 비율이 80퍼센트라는 사실은 좀 놀라웠어. 내가 세상을 좀 비관적으로 보고 있었나 싶고.

책의 첫머리를 이런 질문으로 시작하는 건 감각적이면서도 효율적인 방식 같긴 해. 뭔가 교육과 예능이 결합된 프로그램의 오프닝 같기도 하고 말이지.

맞아. 초반에 확 집중하게 만들어.

그렇지만 침팬지 운운은 좀 치사한 면이 있어. 문항이 3개의 보기 가운데 하나를 고르는 거니까 침팬지가 33퍼센트 정답률을 보인 거지. 보기를 더 늘렸으면 정답률이 확~ 떨어지지 않았겠어? (웃음)

(웃음) 그렇긴 하지.

엄마가 예상하기에 넌 이 책을 꽤 재밌게 읽었을 것 같아.

왜 그렇게 생각해?

너는 매스컴에 쉽게 선동되고 필요 이상으로 극단적인 발언을 하는 사람들에게 반감을 크게 느끼는 유형이니까.

엄마 말이 맞아. 나는 이 책 재밌게 읽었고 마음에 들어. 내가 딱 경계하는 사람들의 성향을 아주 정확하게 찌르는 것 같거든. 비난 본능이나 단일 관점 본능을 읽을 때는 속이 시원할 지경이더라고. 물론 나도 이런 본능에서 자유롭지는 않지만 그런 본능에 빠지지 않으려고 나름 노력은 하지. 저번에 공자에 관한 책 읽다가 중용 해설을 보고 딱 이거다 싶었어. 나는 중용을 추구해. 사실 중용이 뭔지 자세히는 모르지만 암튼 거기에 꽂혔어. (웃음)

엄마도 그건 좋은 태도라고 생각해. 자, 그렇다면 본격적으로 책 내용으로 들어가 볼까? 사람들이 전 세계 국가를 막연히 잘 사는 나라, 못사는 나라 둘로 나누는 걸 저자는 간극 본능이라고 하잖아. 그런 이분법적 사고 대신에 저자가 하루 소득, 물 공급, 이동 수단, 요리 방식, 식사 형태 등을 기준으로 4단계로 나누는데 막 설득되더라니까.

나도 그래. 게다가 저자의 설명이 매우 구체적이어서 가장 어렵게 살아가는 1단계부터 가장 풍족한 4단계까지의 삶이 한눈에 그려지더라고.

또 저자는 사람들이 좋은 것보다는 나쁜 것에 더 주목하는 부정 본능이 세 가지 원인 때문에 작용한다고 얘기하잖아. 첫 번째는 과거를 미화해서 기억하기 때문이고, 두 번째는 언론인과 활동가들이 부정적인 사건만 골라서 보도하기 때문이고, 마지막으로는 상황이 나쁜데 세상이 더 좋아진다고 말하면 냉정해 보이기 때문이라고. 첫 번째와 두 번째는 별로 새로울 게 없는데 세 번째는 왠지 좀 찔리더라고. 나도 혹시 세 번째 이유 때문에 부정적인 일에 주목하나 싶어서. 절대 빈곤 탈출을 지표로 삼으면 세상은 점점 좋아지고 있는 게 맞지. 그렇지만 상대적 빈곤을 지표로 하면 얘기가 달라지겠지. 실제로 이 책은 아주 많은 통계와 도표를 제시하면서 세계의 대다수가 부유해졌다고 주장하지만, 특정 국가 내에서 계층에 따른 경제적 불평등 격차가 지난 수십 년 동안 좁혀졌는지 벌어졌는지는 보여주지 않아. 말하자면 저자가 통계를 조작하지는 않지만 자기 주장을 강화하기 위해 취사선택하고는 있지.

그건 어디까지나 저자가 '인류가 누려야 할 최소한의 인간다운 삶'을 기준으로 하기 때문에 그런 게 아닐까? 상대적 빈곤에 관심이 없어서가 아니라.

엄마도 그 점을 모르지는 않아. 그렇지만 통계로 나타난 수치가 절대적이지는 않다는 점을 알고는 있어야 한다는 얘기지.

저자도 그런 말을 하잖아. 수치를 보되 수치만 봐서는 안 된다고. 이 말을 단일 관점 본능에서 말했는데, 나는 그 부분이 흥미롭더라. 자유 시장이나 평등 한 가지 관점에만 광적으로 집착하면 있는 사실을 그대로 보지 못한다고. 이를테면 평등에 의거해 공공 의료가 잘 갖춰진 쿠바는 가난한 나라 중 가장 건강한 나라이지만, 동시에 건강한 나라 중 가장 빈곤한 나라지.

반대로 미국의 경우는 나도 좀 충격적이었어. 세계에서 가장 부유한 나라인데 4단계 나라에는 대부분 있는 공공 의료 보험이 없다는 사실이. 그래서 1인당 의료비는 세계에서 가장 높지만 미국보다 기대 수명이 긴 나라가 무려 39개국이라고.

참고로, 39개국 가운데 한 나라가 대한민국이야.

오, 그렇군. 그리고 나는 단일 관점 본능에서 이 말도 무지 와 닿아서 포스트잇을 붙였어.

"단순한 생각과 단순한 해결책을 조심하라. 역사는 단순한 유토피아적 시각으로 끔찍한 행동을 정당화한 사람으로 가득하다. 복잡함을 끌어안아라. 여러 생각을 쉬고 절충하라. 문제는 하나씩 사안별로 해결하라."

특히 "복잡함을 끌어안아라." 바로 이게 팩트풀니스의 기본 태도라고 봐. 뭔가를 자꾸 단순화하려다 보니 일반화 본능과 비난 본능으로 이어지는 것 같거든.

복잡함을 끌어안는 태도야말로 세상을 정확하게 이해하기 위해 반드시 필요하지. 그런 면에서 이 책 또한 거리를 유지하면서 읽을 필요가 있다고 봐.

맞아. 저자의 주장을 무조건적으로 받아들이는 것 또한 '팩트풀니스'와는 맞지 않지. 다만 엄마 말대로 통계 자료가 다분히 저자에 의해 취사선택됐다는 점을 감안해도 이런 구체적인 데이터를 바탕으로 주장을 펼치는 방식이 나는 편하더라고.

엄마도 전반적으로 흥미롭게 읽었어. 데이터가 난무해서 지루하지 않을까 했는데 워낙 쉽고 친절하게 써서 쭉쭉 읽히고. 어쨌든 이 세상이 점점 나아지고 있다는 것은 첫 번째 팩트야. 또한 이 나아지고 있는 순간에도 여전히 고통받는 사람들이 있다는 게 두 번째 팩트고. 이 두 가지 팩트를 다 존중해야겠지. 그러니까 첫 번째 팩트는 두 번째 팩트를 절대 무시하거나 감추지 않아야 한다는 뜻이야. 엄마가 봐도 저자는 순수한 선의와 열망으로 이 책을 쓴 것 같아. 암 투병 중에도 기어이 이 책을 유작으로 남기고 세상을 떠났다니 뭉클하더라고. 그러기에 그의 연구와 주장이 첫 번째 팩트만 강화하는 게 아니라 두 번째 팩트도 개선하는 방향으로 나아가야겠지. 이러니저러니 해도 세상은 두 번째 팩트에 집착해 온 사람들에 의해 좋아졌다는 사실이 세 번째 팩트 아닐까?

나도 그 점에는 동의해. 다만 막연한 비관주의로는 절대 세상이 좋아지지 않고, 비관하더라도 정확하고 구체적인 자료를 근거로 해야 좋아질 수 있다고 생각하지.

『18』

소유냐 평등이냐 그것이 문제로다

『자본주의 할래? 사회주의 할래?』(임승수)

『원숭이도 이해하는 자본론』의 저자 임승수가 청소년을 위해 쓴 경제서. 청소년들이 경제 시스템을 이해할 수 있게끔 자본주의와 사회주의를 둘러싼 다양한 쟁점을 소개하면서 각각의 장단점을 짚어 보는 책이다.

이 책에는 네 명의 캐릭터가 등장한다. 먼저 1부 '토론을 위한 배경지식'에서는 부르주아 버전의 임승수가 자본주의를, 체 게바라 버전의 임승수가 사회주의를 설명하면서 각각의 정확한 개념과 탄생 배경을 요약해 준다.

2부 1장에서는 자본주의에 찬성하는 나소유가 등장해 자본주의의 장점을 이야기하면 2장에서는 사회주의에 찬성하는 오평등이 나소유의 의견을 반박하며 자본주의를 반대한다.

3부에서는 반대로 1장에서 오평등이 먼저 사회주의의 장점을 열거하면 2장에서는 나소유가 오평등의 의견을 반박하며 사회주의를 반대한다. 이 과정에서 여러 중요한 논쟁거리가 제기된다. 인간의 본성은 이기적인가 공동체 지향적인가, 생산수단은 개인의 소유인가 공동체의 소유인가, 가난은 개인의 책임인가 사회의 책임인가, 경제적 평등이 중요한가 공정한 경쟁이 중요한가 등등.

마지막 4부 '미래는 어디로 나아갈까?'에서는 나소유와 오평등이 자신의 주장과 상대의 반박을 종합하며 자본주의의 당위성과 사회주의의 가능성을 각각 이야기한다.

책 내용으로 바로 들어가 볼까? 일단 1부에서는 자본주의와 사회주의가 무엇인지 알려 주잖아. 이 부분 어땠어? 어렵진 않았어?

사실 1부가 좀 읽기 힘들었어. 1부 제목이 '토론을 위한 배경지식'인데, 1부의 내용 자체를 이해하려면 어느 정도 배경지식이 필요하다고 할까? 1부만 잘 넘기면 2부부터는 비교적 쉽고 재밌게 읽히는데, 독자들이 읽다가 포기하지 않을까 하는 생각이 들더라고.

그랬구나. 그럴 수도 있겠다. 아무래도 덩어리가 큰 개념을 압

축해서 설명하다 보니 어쩔 수 없는 어려움이 있었을 것 같아. 근데 2부부터는 재밌게 읽었나 봐? 구체적으로 어떤 점이 재밌었어?

자본주의를 찬성하는 '나소유'와 사회주의를 찬성하는 '오평등'이 서로 토론하잖아? 그런데 둘 다 말을 너~~무 잘하는 거야. 나소유의 주장을 읽으며 맞아 맞아 하다가 오평등의 주장을 읽으면 또 그것도 맞는 말 같고. 귀가 막 팔랑팔랑하는 느낌이었다니까. (웃음)

(웃음) 엄마도 그랬어. 2부에서는 나소유가 자본주의의 장점을 열거하면 오평등이 반박하고, 3부에서는 반대로 오평등이 사회주의의 장점을 열거하면 나소유가 반박하면서 한 치의 물러섬도 없이 팽팽하게 주장과 논박이 이어지는 점이 흥미진진했어. 주장과 논박 중에 특별히 기억에 남는 내용이 있어?

자본주의가 신분제에서 벌어지는 차별과 특권을 없애 버렸다는 나소유의 주장. 생각해 보니 나는 신분제 사회에서는 살아 보지 않았고 자본주의 사회 말고는 다른 사회에서는 살아 보지 않았잖아. 지금 자본주의는 불평등과 양극화 문제가 심각하다고 하는데, 역사적인 맥락에서 보면 이런 자본주의도 한편으로는 나름 혁명적인 면이 있었구나 하는 생각이 들더라고.

그랬구나. 그런데 바로 오평등이 이 주장을 반박하지. 전통적인 신분제를 무너뜨리며 등장한 자본주의도 결국엔 빈부 격차가 대물림되면서 흙수저는 영원히 흙수저로 살아야 하는 현대 판 신분제가 되어 버렸다고 말이야.

그렇게 되지 않으려고 이런저런 법과 제도를 만드는 듯한데, 자본주의가 유지되기 위해서라도 법과 제도적 장치가 필요할 것 같긴 해.

그치. 저자도 프롤로그에서 그런 말을 하지만 우리나라는 체제 가 다른 두 나라가 국경을 맞대고 있고, 같은 민족끼리 3년 동 안 처참한 전쟁을 치른 상처가 깊다 보니까 건강한 논쟁을 가 로막은 측면이 크지. 예를 들어 노동 시간을 지나치게 연장하 지 못하게 규제하는 법, 정당한 사유 없이 노동자를 해고할 수 없게 하는 법, 산업 재해에서 노동자를 보호하기 위한 법, 최저 임금을 보장해 주는 법 등은 사실 자본주의를 제대로 유지하 기 위해 필요한데도 그런 법안을 주장하면 '공산당이냐!'는 황 당한 반응이 나와. 노동자가 안정된 일자리를 통해 정당한 임 금을 받아야 소비를 하고, 그래야 자본주의 경제가 돌아갈 텐 데도. 분단 상황으로 인한 왜곡과 억압이 뿌리 깊게 남아서인 지 자유의 의미를 그저 '수단 방법 가리지 않고 돈 벌 자유'로 믿는 사람들이 있지.

세계사책 보니까 산업 혁명 초기에 영국에서는 어린아이들까 지 값싼 노동력으로 다뤄져서 아주 비참하게 살았더라고. 수단 방법 안 가리고 돈 벌 자유를 무한정 용납하면 결국 그런 지경까지 가나 봐?

그치. 네 동생만 한 아이들이 하루에 16시간씩 힘든 노동을 하다가 과로와 영양실조로 죽는 일이 속출했으니까. 그건 자본주의에서 자본가의 자유가 극단으로 흘러갔을 때 벌어진 지옥이라고 할 수 있지. 다행히 지금의 자본주의는 인간의 이기심을 긍정하면서도 그것을 제어할 여러 가지 법과 제도를 만들어 왔어. 물론 지금도 저개발 국가에서는 어린아이들이 힘든 노동에 시달리지만 그래도 대부분의 나라에서는 아동 노동을 법적으로 금지하고 있지.

그런 맥락에서 저자가 마지막에 한 말이 인상적이더라고. 아인슈타인이 상대성 이론으로 뉴턴 역학의 한계와 오류를 뛰어넘을 수 있었던 이유는 뉴턴 역학을 누구 못지않게 제대로 이해했기 때문이라고. 마찬가지로 자본주의를 제대로 이해하려면 사회주의에 관해서도 잘 알아야 할 것 같아. 그 반대도 마찬가지고.

나소유와 오평등이 각각 마지막 발언을 하며 자신의 주장을 마무리하는 4부는 어땠어? 엄마는 저자가 상반되는 주장을 절충하거나 중재하려고 했으면 별로였을 텐데 그러지 않아서 좋았어. 그런데 넌 그 점이 답답하진 않았어?

아니, 나도 괜찮았어. 기본적으로 생각이 다른데 억지로 화해시키는 거도 이상하잖아?

그렇군. 4부의 각 장 제목이 '자본주의는 영원하다', '사회주의는 가능하다'잖아. 엄마는 제목을 참 잘 지었다고 생각해. 책을 읽고 나니 너는 자본주의와 사회주의 중 어느 쪽에 끌려?

말이 좀 이상하게 들릴 수도 있는데, 솔직히 마음으로 끌리는 건 사회주의야. 근데 머릿속에서 그 사회를 그림으로 그렸을 때 더 매력적으로 느껴지는 쪽은 자본주의야.

오, 그래? 네 말대로 좀 이상하긴 한데 무슨 뜻인지 알 것 같기도 하다. 왜 더 끌렸고, 왜 더 매력적으로 느껴졌을까?

예를 들어 사회주의의 '완전고용'은 참 좋다고 생각해. 상상만 해도 막 안심이 되는 기분이야. 그런데 이게 과연 가능할까? 이 책에는 어려운 문제일수록 서로 합심해서 문제를 푸는 인디언 부족 에피소드가 등장하던데 현실은 그렇게 아름답지 않다고. 학교에서 조별 과제 할 때 가끔 화가 나는 경우가 있어. 그 이유는 말 안 해도 알지? 사람은 너무나 다 제각각이라고. 자유가 만능도 아니지만 평등에만 집착하는 것도 위험하다고 생각해. 솔직히 나도 엄마가 이 책을 읽으면 게임 두 시간을 준다는 매우 자본주의적인 딜을 걸어 와서 읽은 거지 자발적으로 읽었겠어? (웃음)

(웃음) 아이고, 참 자랑이다. 그럼 나소유 주장 중에서 가장 인상적이었던 점은 뭐야?

기본 소득? 그런데 이 기본 소득 자체가 인상적이라기보다는,

이 기본 소득을 오평등이 아닌 나소유가 들고나온 점이 인상적이었어. 자본주의를 유지하려면 이 기본 소득이 꼭 필요하다는 뜻이잖아.

앞으로는 인공 지능 등으로 직업 구조가 지금과는 완전히 다르게 재편될 테고, 그게 어떤 규모까지 어떤 양상으로 펼쳐질지는 아무도 모르니까 기본 소득 논의는 꼭 필요하겠지. 그렇지만 이건 그 규모와 방식 면에서 충분한 검토를 거쳐 아주 신중하게 접근해야 할 문제야. 포퓰리즘 정책이 되지 않으려면 말이지.

그치. 국가가 줄 수 있는 돈은 분명히 한정되어 있고 그게 결국은 다 국민이 낸 세금일 텐데.

이 책을 쓴 사람은 어느 한쪽 편을 들지 않고 중립적이고 균형 잡힌 시각을 유지하고 있잖아. 네가 보기에 저자는 어떤 사람 같아?

중립적인 것처럼 보이지만 사회주의에 더 애정이 있는 사람 같아.

왜 그렇게 느꼈어? 혹시 저자 소개를 읽고 그러는 거야?

엥? 저자 소개는 읽지도 않았는데? 나소유한테는 없는 간절함과 열정이 오평등의 말투에서는 느껴졌거든. 혹시 저자가 사회주의자야?

사회주의자인지 아닌지는 모르겠지만 확실히 사회주의를 많이

공부한 사람이라고는 말할 수 있지. 암튼 우리 아들 이럴 때
보면 꽤 날카롭단 말이야. (웃음)

19

경제학은 처음부터 다시 써야 해!

『잠깐 애덤 스미스 씨, 저녁은 누가 차려줬어요?』(카트리네 마르살)

"우리가 저녁을 먹을 수 있는 것은 푸줏간 주인, 양조장 주인, 혹은 빵집 주인의 자비심 덕분이 아니라 자신의 이익을 추구하려는 그들의 욕구 때문이다."

현대 자본주의 경제학의 핵심 이론을 제공했다고 추앙받는 정치경제학자 애덤 스미스가 한 이 말은 경제학에 대해 현대적인 정의를 내린 문장으로 평가받고 있다. 그가 1776년에 쓴 『국부론』에서 애덤 스미스는 빵집 주인이 빵을 굽고 양조장 주인이 술을 빚는 이유는 사람들을 행복하게 하기 위해서가 아니라 자신의 이윤을 취하기 위해서라고 주장했다. 모두들 자기 이익을 위해 행동하면 '보이지 않는 손'이라도 있는 듯이 세상이 유지된다는 것이다.

이 '보이지 않는 손'이라는 표현은 후대 경제학자들에 의해 자본주의 시장 경제의 핵심을 상징하는 원칙이 되었다. 시장은 보이지 않는 손에 의해 저마다 자신의 이익을 추구하는 과정에서 자연스럽게 질서와 균형을 유지하므로 국가의 간섭이나 규제는 불필요하며, 더 나아가 유해하다는 논리다.

그렇지만 스웨덴의 저널리스트 카트리네 마르살은 이런 질문을 던진다. "그런데 애덤 스미스 씨, 그 저녁은 누가 차려 줬어요?" 마르살에 따르면 애덤 스미스는 자신이 저녁을 먹을 수 있게 한 과정 중에서 가장 중요하고도 복잡하며 시간이 많이 걸리는 노동을 누락했다. 저녁상에 올릴 재료를 장을 봐서 요리하고 밥상에 올린 뒤 설거지까지 한 사람의 인건비는 계산하지 않은 것이다. 애덤 스미스가 『국부론』에서 개인의 이익 추구 본능을 언급했을 때, 이기심이 아니라 사랑으로 그를 돌봐 준 어머니의 모습은 찾아볼 수 없었다. 또한 『국부론』에 등장하는 푸줏간 주인, 양조장 주인, 빵집 주인이 이기심을 발휘해 돈을 벌 수 있던 것도 그들의 아이를 키우고 식사를 준비하고 텃밭에서 채소를 키운 그들의 아내 또는 누이 덕분이었다.

'유쾌한 페미니스트의 경제학 뒤집어 보기'라는 부제가 붙은 『잠깐 애덤 스미스 씨, 저녁은 누가 차려줬어요?』는 세상의 절반인 여성과 그 여성들의 노동을 경제 활동에서 완벽하게 무시해 온 기존 경제학의 토대에 근본적인 의문을 제기하며 대안을 모색한다.

김비주는 이 책을 완독하지는 않았고 저자의 핵심적인 문제 제기와 주장, 근거가 전개된 1장부터 5장까지만 읽고 대화에 참여했다.

....⌄...

🙂 이 책을 읽기 전에도 '보이지 않는 손'이라는 말은 들어 본 적 있지?

🧑 응, 사회 시간에 배웠어. 애덤 스미스도 들어 본 적은 있고. 물론 자세히는 몰랐지만.

🙂 이 책은 일단 제목부터가 딱 마음에 들어. 감각적이면서 유머러스해.

🧑 읽으면서 엄마가 많이 공감할 것 같다는 생각은 들었어.

🙂 엄마가 직장을 그만둔 때가 네가 네 살 때였으니까 너는 엄마가 출근하는 모습을 본 기억이 없지? 직장을 그만두고 한 달인가 있다가 어린이집에서 엄마와 함께하는 수업이 있다고 해서 간 적이 있어. 그런데 거기서 간호사인 며느리를 대신해 손녀를 돌본다는 할머니가 엄마한테 "지금 집에서 놀면 얼른 동생 하나 더 낳아야겠네"라고 하시더라고.

🧑 헐, 진짜? 엄마한테 논다고 했다고?

🙂 응. 그런데 그 말을 듣는 순간 불쾌하다는 느낌보다는 충격이 먼저였어. 그때 엄마는 놀고 있다는 생각을 해 본 적이 없었고,

심지어 놀고 싶다는 생각조차 해 본 적이 없었거든. 막상 직장을 그만두니까 퇴근 시간 없는 노동에 시달리는 느낌이 들었는데 갑자기 노는 사람이 된 거야. 그 말을 듣고 집에 와서 생각해 보니 초등학교에 입학한 뒤로 공식적인 소속이 없었던 적은 처음이라는 사실을 새삼 깨달았어. 소속이 없으니 집 말고는 내가 있을 곳이 없는 거지. 밖에서 돈을 벌어 오지 않는다는 것, 좀 더 유식하게 말하면 너를 돌보고 밥을 하고 청소하고 빨래하는 등의 노동은 사고팔거나 교환할 수 있는 유형의 재화를 생산하지 않는다는 것, 이걸 그 할머니는 '논다'라고 표현하신 거고.

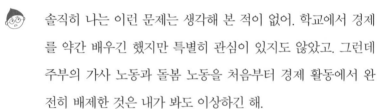

솔직히 나는 이런 문제는 생각해 본 적이 없어. 학교에서 경제를 약간 배우긴 했지만 특별히 관심이 있지도 않았고. 그런데 주부의 가사 노동과 돌봄 노동을 처음부터 경제 활동에서 완전히 배제한 것은 내가 봐도 이상하긴 해.

꼭 경제학뿐만 아니라 다른 학문 분야도 남성 중심적일 수밖에 없어. 그렇지만 경제학만큼 인류 절반을 투명 인간으로 처리하고 인류 절반의 노동을 그림자 노동으로 무시한 채 출발한 학문은 없다는 느낌이 들 정도야. 그런 측면에서 보면 엄마에게 논다고 말한 할머니가 특별히 무식하거나 무례한 사람이라고 할 수는 없어. 그 할머니는 그냥 기존 경제학의 논리에 따라서 생각하신 거지. 다만 가슴 아픈 점은 그 할머니 역

나야 뭐, 평생 일 안 하고 놀았지 뭐. 애 여섯 낳아 키우고, 시부모님 봉양하고. 지금은 손주들 돌봐. 며느리가 직장에 다니거든. 아기 엄마도 얼른 애 하나 더 낳아. 집에서 놀면 뭐 해?

시 평생을 가사 노동과 돌봄 노동을 하면서 사셨을 테고, 나이가 드셨는데도 직장 다니는 며느리를 대신해 손녀를 키워 주고 계셨다는 거지. 과연 그분이 합당한 보수를 받으면서 그 일을 하고 계셨을까?

그러게. 책에서 보니까 캐나다 통계청에서 무보수 노동의 가치를 계산해 보니 GDP의 30~40퍼센트 정도로 측정됐다는 말이 있던데.

무보수 노동에 대한 정확한 통계를 반영한다면 경제학은 처음부터 다시 쓰여야겠지. 예를 들어 오늘날 경제학은 지금 우리가 대화 나누는 것을 경제 활동에 포함시켜. 이 대화를 바탕으로 책을 쓸 테고, 책이 얼마나 팔릴지는 모르지만 어쨌든 인세를 받겠지. 그런데 엄마가 오늘 아침에 한 욕실 청소는 경제 활동에 포함되지 않아. 솔직히 엄마는 이런 대화를 나누고 글을 쓰는 것보다 좌변기에 서서 오줌을 누는 남성이 두 명 살고 있는 집의 욕실을 청결하게 유지하기가 더 힘들어. 더 큰 인내심과 체력을 요구하거든. 양심이 있다면 자기 오줌 방울은 자기가 닦아야 하지 않아?

앗! 갑자기 이야기가 오줌 방울도 아니고 왜 거기로 튀나요? (웃음) 그럼 이 문제를 어떻게 해결해야 한다는 거야? 욕실 청소는 돈을 주고 다른 사람을 고용해서 하게 하고 엄마는 글만 쓰면 해결되는 거야?

맨 먼저 떠오르는 건 그런 방식이지. 그렇지만 그걸 해결책이라고 내미는 건 지적으로 좀 게으른 태도 같아. 일단 가사 도우미와 베이비시터를 아무런 부담 없이 고용할 수 있는 사람이 얼마나 되겠어? 또 이런 문제도 생각해 봐야지. 그 가사 도우미네 집의 가사 노동과 베이비시터네 집의 돌봄 노동은 누가 할까? 어떤 일보다 복잡하고 세심한 일머리가 필요한 일인데도 임금이 터무니없이 낮게 책정되어 있는 그 일을 말이야. 자기가 하는 무보수 노동을 다른 사람에게 싼 임금으로 넘기다 보면 지금과 같은 상황이 벌어지지. 상대적으로 소득이 높은 계층이 취약 계층의 여성을, 더 나아가 상대적으로 잘사는 나라 사람들이 저개발 국가의 여성들을 본의 아니게 저임금으로 착취하는 상황 말이야. 이 책에서도 그런 측면을 지적하잖아. 개인은 어떤 사회 구조 아래 놓여 있으면 그 구조의 질서에 떠밀려 살 수밖에 없게 돼. 내가 다른 이의 노동력을 착취하겠다는 의도가 전혀 없이도 착취하게 될 수 있고, 반대로 착취당하지 않겠다는 의지가 있어도 착취당할 수밖에 없는 거야.

그럼 어떻게 해야 돼?

여성 운동 초창기에는 가사 노동 같은 무보수 노동, 그림자 노동을 '거부'하는 데 초점을 두었어. 거부하고 모두 집을 나가서 돈을 벌자는 거였지. 그러다가 그림자 노동을 더 이상 그림자가 아닌 실체로 인정받게 하자는 쪽으로 점점 의견을 모아 가는 중이야. 주부가 하는 가사 노동과 돌봄 노동에 대한 정당한 임금을 국가 차원에서 지불해야 한다는 말이지. 더 이상 가족을 위한 사랑이니 배려니 하는 말로 적당히 넘어갈 생각 말고. 저번에 이런 제목이 달린 책을 서점에서 보고 빵 터진 적이 있어. '아, 보람 따위 됐으니 야근수당이나 주세요.'

 나도 그 방향이 맞는 것 같기는 해. 그런데 내가 경제를 잘 몰라서 그런지 그게 과연 가능할까 싶어. 엄마는 어떻게 생각해?

사실 엄마도 경제는 잘 몰라. 그렇지만 일단 방향을 이렇게 설정해 놓는 게 중요하다고 생각해. 뭐든지 실현되기 전에는 비현실적으로 보이는 법이거든. 참고로, 여성이 언제부터 투표를 하게 된 것 같아? 놀랍게도 겨우 100여 년 전이야. 그전까지는 여성에게도 참정권이 있어야 한다는 이 당연한 사실이 너무나도 과격하고 황당한 주장으로 받아들여졌어. 역사적인 시각을 갖추고서 보면 그런 게 한두 가지가 아니잖아? 가사 노동과 돌봄 노동 같은 그림자 노동을 지금처럼 취급해서는 인류에게 더 이상 미래는 없다는 생각이 들어. 너는 책 뒷부분을 안 읽었지만 이 책의 13장 제목이 '어머니를 잊은 자들에게 미래는 없다'야. 인류를 지금까지 존속시킨 것은 언제나 자신의 이익을 추구하면서 합리적인 선택을 하는 '경제적 인간'이 아니라 수많은 세월 동안 그림자 노동을 해 온 '어머니들' 덕분이야. 물론 저자 말대로 그 경제적 인간이라는 것도 어디까지나 허구적인 관념일 뿐이고. 그나저나 어쩌다 보니 이 책에 관해서는 엄마만 일방적으로 말한 것 같아 좀 미안하네.

 뭐, 그럴 수도 있지. 이런 주제와 관련해서는 내가 워낙 모르기도 하고 관심도 없었으니까. 그래도 이 책 덕분에 전에는 생각하지 못한 걸 생각해 볼 수 있어서 좋았어.

20

차별하려는 의도는 없었다고?

『선량한 차별주의자』(김지혜)

우리 사회에 만연한 각종 혐오와 차별 문제를 고민해 온 연구자이자 현장 활동가인 김지혜 교수가 '대다수 선량한 시민도 차별주의자가 될 수 있다'는 것을 구체적이고 다양한 사례와 논거를 제시하면서 알려 주고 설득하는 책이다.

1부에서는 차별을 보지 못하는 '선량한 차별주의자'가 어떻게 만들어지는지를 서술한다. 너무 익숙해서 보이지 않는 특권과 각자의 위치 탓에 보이지 않게 된 불평등, 그 위치가 수시로 바뀔 수 있고 위치를 결정짓는 경계가 희미하다 보니 서로가 서로를 차별하고 차별받는 현상, 그렇게 구조적 차별로 이루어진 사회에서는 차별받는 사람조차 기존의 질서를 의심하지 않음으로써 불평등이 유지되는 현상을 이야기한다.

2부에서는 차별이 어떻게 이루어지고 '정당한 차별'로 위장되는지 검토한다. 특정 대상을 비하하는 유머나 농담의 효과를 살펴보고, 비정규직에 대한 차별처럼 어떤 차별은 공정하다고 믿는 능력주의 신념에 문제를 제기하면서 차별을 정당화하는 현상을 짚어 본다.

3부에서는 1부와 2부의 내용을 바탕으로 차별에 대응하는 우리의 자세를 이야기한다. 평등은 언제나 부당한 법과 체제에 항거하는 사람들을 통해 진보해 왔다는 점을 밝히고, 평등을 실현하는 하나의 해법으로서 '차별금지법'을 둘러싼 여러 쟁점을 다룬다.

 이 책은 '결정 장애'라는 말로 이야기를 시작하잖아. 저자가 혐오 표현에 관한 토론회에서 이 말을 무심코 썼는데, 그 자리에는 많은 장애인들이 참석해 있었고, 나중에 참석자 중 한 사람에게서 왜 그 말을 썼느냐는 질문을 받기 전까진 문제점을 전혀 인식하지 못했다고. 저자 자신이 인권을 오래 공부했고 그 자리가 혐오 표현에 관한 토론장이었는데도 말이야. 엄마도 사실 이 책을 읽기 전에는 그 말을 별생각 없이 가끔 썼어.

 사실은 나도 자주 쓴 것 같아. 내가 워낙 쇼핑을 피곤해하다 보니 신발 같은 걸 살 때 이 말이 내 마음을 정확히 표현한다고 생각했거든.

희망을 가지세요.

지금 내 삶에 희망이
없다고 생각하시는군요?

왜 당신의 기준으로
내 삶에 가치를 매기나요?

다른 책에서 읽었는데, 우리나라에는 장애인과 관련된 속담이 다른 나라보다 유독 많다고 해. '벙어리 냉가슴 앓듯', '꿀 먹은 벙어리', '눈 뜬 장님', '장님 코끼리 만지기' 등등. 사실 지금도 '병신'이라는 단어를 욕으로 무지 많이 쓰잖아.

그러네. 바로 뒤에 나오는 "한국인이 다 되었네요", "희망을 가지세요"라는 말이 모욕적인 표현으로 수집되었다는 것도 인상적이었어. "한국인이 다 되었네요"는 이주민을 향한, "희망을 가지세요"는 장애인을 향한 모욕적인 표현이라고. 처음 몇 초간은 이게 왜 모욕적인 표현이지? 했는데 저자의 설명을 읽고 곰곰 생각해 보니 정말 그렇더라고.

너는 이런 경험 없니? 상대는 별생각 없이 좋은 의도로 말했는데 기분 나빴던 경험.

글쎄? 특별히 떠오르는 일이 없는데, 엄마는 있어?

엄마는 무지 많지. (웃음) 대학 1학년 때 동아리 지도 교수가 이런 말을 칭찬이랍시고 했어. "자네가 쓴 글은 명쾌하고 시원시원해서 읽기가 편해. 여자애가 쓴 글 같지 않아." 처음 들었을 땐 어쨌든 칭찬받은 것 같아서 기분이 좋았거든? 그런데 집에 와서 생각해 보니 생각할수록 화가 나지 뭐야. 그 교수는 대체 여자가 쓴 글이 어떻다고 생각하기에 그런 말을 했을까 싶은 거지. 떠오르는 기억은 대체로 이런 것들이야. 엄마가 여자여서 들은 말들.

헐~! 정말 그렇게 말했다고? 이런 말을 들으면 엄마가 정말 옛날 시대를 살았구나 싶어.

너랑 나랑 딱 서른 살 차인데, 대한민국에서 30년이면 조선 왕조 오백 년보다 몇 배 더 긴 시간이긴 하지. (웃음) 물론 예전보다는 많이 개선됐어. 그렇지만 이 책에서 보여 주듯이 현재 성차별 문제가 완벽하게 해결되진 않았지.

이 책 1부 1장 제목이 '서는 곳이 바뀌면 풍경도 달라진다'고, 2장 제목이 '우리는 한곳에만 서 있는 게 아니다'잖아. 이게 맞는 말이면서도 참 씁쓸한 현실 같아. 사람이 과연 차별이 전혀 없는 사회를 만들 수 있을까? 다 자기 처지에서 바라볼 수밖에 없고, 처지가 같은 사람들끼리도 연대가 다 잘되는 게 아닌데 말이야. 내 생각에 편견에서 완벽하게 자유로운 사람은 없는 것 같거든. 예를 들어 미국에서 벌어지는 인종 차별 뉴스에는 분개하는 사람이 과연 우리나라에서 일하는 외국인 노동자들에게는 아무 편견이 없을까 싶은 거지.

물론 어려운 문제지. 어려우니까 이런 책도 나오는 거 아니겠어? 사실 자신과 다른 대상을 혐오하고 자신보다 약자를 차별하는 건 본능에 가까워. 그렇지만 본능을 이성으로 다스리는 게 문명의 출발이지.

나도 엄마 말에는 기본적으로 동의해. 다만 뭐랄까…. 차별의 기준을 너무 엄격하게 들이대면 지적당한 사람은 피곤해지고 그게 오히려 반감을 사게 되지 않을까 하는 걱정도 들었어. 차별을 담고 있으니까 이 말은 쓰지 마라, 혐오 표현이니까 저 말은 쓰면 안 된다, 자꾸 이러다 보면 선량한 차별주의자가 노골적이고 의도적인 차별주의자가 되지 않을까 걱정되더라고.

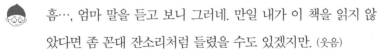 좋은 지적이야. 그 문제도 함께 고민해 봐야 할 문제지. 대다수 사람을 계몽 대상으로 보고 가르치겠다는 태도는 결코 좋은 접근이 아니니까. 중요한 것은 방향 설정이라고 봐. 인식하지 못한 차별을 알아 가는 과정에서는 네 말대로 피곤함이 따르지. 그렇지만 차별당하는 사람이 겪는 불쾌함과 모욕감, 더 나아가 자신의 정체성이 위협당하는 느낌은 피곤함과는 차원이 다른 감정이야. 어떤 것을 더 존중하는 쪽이 이 공동체를 위하는 길인지를 판단해야겠지. 엄마는 기본적으로 자유주의자이지만 타인을 부당하게 혐오할 자유 따위는 이 세상에 없다고 생각해. 그런 이유로, 모든 혐오가 범죄는 아니지만 어떤 혐오는 범죄가 되는 거고. 혹시 이런 말을 하는 엄마가 너무 꼰대 같니? 사실 꼰대도 그다지 좋은 말은 아니다만. (웃음)

흠…, 엄마 말을 듣고 보니 그러네. 만일 내가 이 책을 읽지 않았다면 좀 꼰대 잔소리처럼 들렸을 수도 있겠지만. (웃음)

이 책에 '구조적 차별'이라는 개념이 나오잖아. 한 사회의 구조 자체가 차별을 차별이 아닌 것처럼 보이게 만든다고. 사실 차별이라는 것 자체가 본질적으로 구조에서 나온 산물이지. 이

점을 정확하게 인식해야 문제를 해결할 수 있어. 이 사회 구조를 보지 못하고 자신이 받는 차별을 그냥 개인적인 팔자려니 여기고 '어쩔 수 없다'고 받아들인다면 무슨 희망이 있겠어. 그러다 보면 부당한 차별에 항의하는 사람들이 '예민하다', '불평불만이 많다', '역차별로 이득을 보려고 한다' 따위의 비난을 듣게 되고.

책을 읽으면서 이런 생각은 들었어. 내가 차별에 둔감한 이유는 특별히 차별당한 기억이 없기 때문이 아닌가. 그러다 보면 이 사회에 차별이 없다고 믿을 수도 있겠구나.

그렇게 느꼈다면 그것 하나만으로도 이 책을 읽은 보람이 있네. 앞서 읽은 책에서도 얘기했지만 사람은 사회적 동물이라 자연스레 사회 구조가 만들어 놓은 틀 안에서 사고하고 판단할 수밖에 없어. 기울어진 운동장에서는 내가 반듯하게 서 있어도 이미 몸은 기울어져 있지. 차별이 만연한 사회에서 대세를 따르며 사회생활을 하다 보면 차별을 공정이라고 믿는 선량한 차별주의자가 되는 거고. 강자가 약자를 비하하는 유머에 가담해서 같이 낄낄거리는 그런 사람 말이야. 그런 유머가 뭐가 문제인지도 모른 채 오히려 문제 제기를 하는 사람에게 '웃자고 한 말에 뭐 그렇게 정색하느냐'고 반응하는 그런 사람들.

속으로 문제라고 생각해도 다른 사람들 모두 웃는데 혼자 정색하고 따지는 건 아주 큰 용기가 필요한 일 같아. 이 책의 저자는 그래야 된다고 하지만, 난 솔직히 그럴 자신은 없어. 그나저나 방금 공정 얘기가 나와서 말인데, 이 책을 읽으면서 능력주의도 다시 생각해 보게 됐어. 나는 막연히 능력주의는 좋은 거라고 생각했거든. 그런데 편향된 능력주의로 나오는 사례들을 읽고 내가 미처 생각하지 못한 게 많았구나 싶었어. 모든 이에게 동일한 기준을 적용하는 것이 도리어 누군가를 불리하게 만드는 간접 차별이라는 사실도 알았고. 저자가 유학한 학교에서는 비영어권에서 온 학생들에게 입학 후 일정 기간 시험 시간을 더 주는 정책이 있었다는 대목에서는 공정의 개념이 더 명확해지는 느낌이랄까.

엄마는 이 책을 읽고 〈히든 피겨스〉라는 영화의 한 장면이 떠올랐어. 그 영화에는 주인공인 흑인 여성 캐서린이 건물에 유색 인종 화장실이 없어서 한 번 용변을 볼 때마다 1.6킬로미터를 왕복하는 에피소드가 나와. 그런데 그 장면보다 엄마에게 더 인상적이었던 건 또 다른 주인공인 흑인 여성 도로시와 그의 상관인 백인 여성 미첼의 대화였어. 미첼이 도로시에게 이렇게 말해. "난 당신에게 악감정은 없어요(I have nothing against you)." 그러자 도로시가 이렇게 대답하지. "나도 알아요. 당신은 아마도 그렇게 '믿고' 있겠죠(I know you, you probably believe that)." 사실 인종별로 화장실을 분리한 건 누가 봐도 노골적인 차별이지. 그리고 이 차별은 가장 높은 직위에 있던 남성 상사가 화장실을 통합(?)하는 결단을 내리면서 없어져. 그렇지만 미첼이 스스로를 차별주의자가 아니라고 믿은 건 결국 어떻게 됐을까. 미첼도 자신을 선량한 사람이라고 믿었을 거야. 백인이 유색 인종에게, 남성이 여성에게, 이성애자가 동성애자에게 하는 "나는 당신에게 악감정은 없어, 당신을 차별하려는 의도는 없어." 사실 이 말의 바닥에는 대체로 이런 속마음이 깔려 있지. '그러니까 너무 나대서 나를 짜증 나게는 하지 마.' 엄마가 이 장면이 인상적이었던 이유는 어쩌면 나 자신도 미첼이었던 순간이 있지 않았을까 싶어서야. 캐서린이나 도로시였던 순간만 자기중심적으로 기억하는 미첼 말이지. 그래서 이 책에 더 몰입하며 읽은 것 같아.

 나도 흥미롭게 읽었어. 사실 엄마가 권해 줄 때는 재미없어 보여서 미루다 미루다 읽었는데 읽기를 잘한 듯. 흥미로웠던 이유는 엄마랑 같고.

함께 읽은 책 |||||||||||||||||||||||||||||||||||||||||||||||||||||||||||||||||||||||||||||||||||||||||||

『과학이 가르쳐준 것들』, 이정모, 바틀비, 2020.

『떨림과 울림』, 김상욱, 동아시아, 2018.

『다정한 것이 살아남는다』, 브라이언 헤어·버네사 우즈, 이민아 옮김, 디플롯, 2021.

『코스모스』, 칼 에드워드 세이건, 홍승수 옮김, 사이언스북스, 2006.

『과학』

앞서 문학과 인문, 사회에서 얘기한 텍스트들은
어디까지나 인간의 관점에서 제기된 질문을
크게 벗어나지 않습니다.
그렇지만 인간과는 상관없이 움직이는 자연 세계,
넓게는 지구, 더 넓게는 우주가 있습니다.
이 우주의 질서를 연구하는 과학은
인류에게 엄청난 진보를 선물했습니다.
이를 가능하게 한 과학적 태도
그리고 그 태도 덕분에 밝혀진
자연 세계와 우주의 질서를 알아봅시다.

『**21**』

지식보다 중요한 태도

『과학이 가르쳐준 것들』(이정모)

이정모 과천국립과학관장이 쓴 과학 에세이. '자유롭고 유쾌한 삶을 위한 17가지 과학적 태도'라는 부제에서 짐작할 수 있듯이 저자가 과학적 태도, 더 나아가 삶의 태도를 17가지 키워드로 재구성해서 풀어낸 책이다. 저자가 제시한 17가지 키워드는 실패, 비판적 사고, 질문, 관찰, 모험심, 현실적인 목표, 측정, 개방성, 수정, 겸손, 공감, 검증, 책임, 공생, 다양성, 행동, 협력 등이다. 일상에서 흔히 접할 수 있고 미디어를 통해 널리 알려진 에피소드와 풍부하고 다양한 과학 지식을 예시로 들어 쉽고 재밌게 읽을 수 있는 과학 에세이다.

　참고로, 김경민과 김비주는 이 책을 두 번 읽었다. 2020년 3월에 처음 읽었고, 지금 이 책을 쓰기 위해 2022년 1월에 다시 읽었다. 여기에 쓴 대화는 2020년 3월의 대화 내용과 2022년 1월의 대화 내용을 김경민이 합하고 편집해서 재구성한 것임을 밝힌다.

........................⌄...........................

2년 만에 다시 읽으니 어땠어? 처음 읽었을 때랑 지금 다시 읽었을 때랑 느낌이 달랐어?

이번에 다시 읽으니까 더 좋던데.

오, 다행이다. 이유는?

처음 읽었을 땐 아무래도 지금보다 배경지식이 없었으니까. 그땐 화학을 제대로 배운 적이 없다 보니 이 책에 나오는 분자식 같은 건 거의 대충대충 넘겼거든. 물론 그걸 몰라도 이 책을 이해하는 데 큰 지장을 받지는 않지만, 그래도 아는 게 나오니까 반갑기도 하고 재밌기도 하고.

고백하면, 화학은 엄마가 싫어하다 못해 혐오하는 과목이었어. (웃음)

그래? 왜? 난 아직 깊이 배우지는 않았지만 괜찮은 것 같은데.

왜 싫어하느냐고 물으면 딱히 할 말은 없어. 그냥 싫었어. 누구에게나 그런 게 있잖아.

(웃음) 그렇긴 하지.

기억할지 모르겠지만 2년 전에 너는 이 책이 철학적이라고 했어. 왜 그렇게 느끼는지 물었더니 이 책의 첫 장 제목이 '실패

191

가 우리를 자유롭게 한다'인데, 실패와 쓸데없는 일에 대한 저자의 생각이 철학적으로 느껴진다고. 이 책에 소개된 "쓸데없는 일을 잔뜩 하지 않으면 새로운 것이 태어나지 않는다"라는 어떤 일본 과학자의 말이 무지 좋다고. 이런 말을 처음 들어 보는데, 이 말이 신기하기도 하고 왠지 위로받는 느낌이라고 했어.

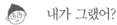 내가 그랬어?

응. 엄마는 그 말을 듣고 마음이 살짝 짠하더라고. 그동안 네가 뭐가 뜻대로 되지 않아서 속상해할 때마다 괜찮다며 위로를 해 준다고 했는데, 그게 진정한 위로로 느껴지지 않았나 싶어서.

아니, 뭘 그렇게까지 오버를? (웃음) 나는 이번엔 그 챕터 읽고 좀 씁쓸했어.

왜?

우리나라에서 왜 노벨상 수상자가 나오지 않는지를 설명해 주니까. 노벨상 수상자들을 조사해 보니 핵심 논문을 쓸 때까지 평균 17년인가 걸렸다고 하잖아. 그동안 실패, 실패, 실패, 작은 성공 패턴을 반복해 왔다고. 그런데 우리나라는 과학자들에게 이렇게 실패할 기회를 주지 않는다고. 우리나라 과학자들은 치열한 경쟁 분위기 때문에 성공할 수밖에 없는 주제만 연구한다고. 이런 분위기에서는 노벨상 수상자가 나올 수 없다고. 게

다가 이공계 박사의 75퍼센트가 비정규직으로 사회생활을 시작한다는 현실은 완전 충격이야.

그러게. 엄마도 그 부분에서 답답하고 마음이 아프더라. 그런데 이 책에 소개된 17가지 과학적 태도 중에 너는 어떤 태도가 가장 중요하게 다가왔어?

글쎄…. 다 중요한 거 아냐? 군이 꼽자면 비판적 사고와 검증? 이게 과학적 태도의 핵심 같은데. 가끔 유튜브 같은 걸 보다 보면 '어떻게 이런 걸 이토록 많은 사람들이 믿지?' 싶은 주장이 있어. 예를 들어 백신에서 미생물이 검출됐다는 어떤 의사의 주장이 있잖아. 아무리 생각해도 황당해서 믿기 어려운데, 거기에 주렁주렁 달린 댓글들을 보면 무서울 지경이야.

맞아. 팬데믹 상황에서 거짓 정보, 가짜 뉴스가 만연하다 보니 그 어느 때보다 이런 과학적 사고가 필요하지.

엄마는 어떤 태도가 가장 인상적이었는데?

군이 하나를 꼽자면 겸손. 좋은 과학자는 자신의 한계를 인정한다는 것, 새로운 사실을 접하면 기존의 연구 방법을 전면 재검토한다는 것. 이게 참 어렵고 귀한 태도라는 걸 나이 먹을수록 많이 느끼거든. 사실 비판적 사고나 질문, 관찰, 측정, 검증은 쉽게 떠올릴 수 있는 과학적 태도잖아. 근데 겸손이야말로 가장 근본적인 태도라는 생각이 들어. 특히 이 겸손 챕터에 소개된 해와 달과 지구 이야기가 뭉클하기까지 하더라고. 지구와

해와 달이 딱 지금의 위치에 있어서 지구에 생명체가 생겨나고 생존할 수 있는 것부터가 참 신기하잖아. 그래서 지금 너와 내가 있는 거고. 사실 엄마도 태어나고 싶어서 태어난 건 아니거든? 어쩌다 보니 태어나서 살아가고 있는 거지. 그렇지만 태어나고 싶지 않은 것과 아예 태어날 수도 없는 것은 다르잖아. 이걸 생각하면 이 기막힌 우연과 기적에 감사함이 밀려오면서 겸손한 마음이 들지. 물론 이런 순간은 잠깐이고, 사소한 일로도 바로 짜증 나는 상태가 되지만. (웃음) 이런 얘길 재작년에도 했는데, 기억 안 나지?

당연히 안 나지. (웃음) 그런데 나도 그 대목이 엄청 재밌었어. 태양의 지름이 달의 400배인데 지구-태양의 거리도 지구-달 거리의 400배여서 개기 일식이 일어나는 거잖아. 이런 내용을 읽으면 되게 재밌긴 해.

이 책에는 이거 말고도 흥미로운 사례가 많이 나오잖아. 너는 뭐가 가장 기억에 남아?

'행동'에 소개된 사례들이 좋았어. 그 챕터 소제목이 '인류는 늘 한계를 극복하고 답을 찾아왔다'인데 그 말 자체가 왠지 마음을 편하게 만들어. 사실 기후 위기 같은 문제를 다룬 글을 읽거나 영상을 보면 엄마도 무지 심란하지 않아? 그런데 그 챕터를 읽으니 희망이 보이는 것도 같고. 물론 모두 힘을 모아서 실질적인 노력과 행동을 해야겠지만.

그치. 무엇보다 행동이 중요하지. 그런데 너는 태도 면에서 과학의 반대편에 있는 게 뭐라고 생각해?

과학의 반대편이라고? 글쎄? 엄마는 뭐라고 생각하는데?

아마도 종교가 아닐까? 과학은 매사 질문하고 의심하고 비판적으로 검증하는 태도를 핵심으로 하는데 종교는 그 반대니까.

그래? 나는 과학과 종교를 비교하기엔 둘의 범주? 차원? 뭐, 이런 게 완전히 다른 것 같은데? 종교는 과학과는 조금 다른 층위에서 사람들 마음에 위로를 주는 역할을 하지 않아? 내가 생각하기에 과학의 반대편에는 종교가 아니라 사이비 과학, 유사 과학이 있는 것 같아. 유사 과학은 비판적 검증을 거치지 않았으면서도 마치 과학인 척 사람들에게 혼란을 주고 사기를 치잖아.

오오~, 설득력 있어! 엄마는 그렇게 층위를 나눠서 생각해 보지는 못했는데!

그렇지만 중세를 생각해 보면 종교적 태도가 사회를 지배하는 건 문제가 많을 듯해. 아빠가 전에 나한테 얘기해 줬는데, 종교는 절대 필요 이상으로 힘을 가지면 안 된대. 나도 그 말에 동의해. 종교는 그냥 종교 역할만 해야지, 정치에 개입하고 과학 연구에 개입하면 중세 꼴이 나겠지.

엄마도 그 생각에 완전 동의! 학교에서도 과학 시간에 과학 지식 못지않게 과학적 태도를 중시해서 길러 주는 방향으로 수

업을 하면 좋겠다. 벌써 그렇게 하시는 선생님들도 많겠지만.
그래야 유사 과학으로 사기 치는 사람들이 발을 못 붙이고 가
짜 뉴스에 현혹되는 사람이 줄어들 테니까.

천지불인(天地不仁)과 의미 없는 우주

『떨림과 울림』(김상욱)

이론물리학자 김상욱 교수가 여러 매체에 기고한 글을 모으고 재구성해 출간한 대중 과학서. 빛, 시공간, 원자, 전자부터 최소 작용의 원리, 카오스, 엔트로피, 양자 역학, 중력, 전자기력, 에너지, 단진동까지 물리에서 다루는 거의 모든 기본 개념을 전공자가 아닌 일반인들도 이해하기 쉽게 설명한다.

나아가 '물리'라는 거울을 통해 우리 존재와 삶, 죽음의 문제부터 타자와의 관계, 세계에 관한 생각까지 비춰 볼 수 있게 이끌어 간다. 독자에게 물리학의 핵심 개념을 물리학의 언어로 이해시키려 하는 동시에 양자 역학을 동양의 음양 사상과 연결해서 설명하는 등, 물리학에 관한 인문적 시선과 사유가 돋보이는 책이다.

본격적인 이야기로 들어가기 전에 한마디 해 보면, 그동안 엄마가 왜 과학을 동경하면서도 동시에 어려워하고 피하려 했는지 이 책의 서문을 읽으면서 딱 알았지 뭐야. 막연히 짐작했던 것이 선명한 언어로 떠올랐다고나 할까.

그래? 뭔데?

서문에 이런 대목이 있잖아. "사실 물리는 차갑다. 물리는 지구가 돈다는 발견에서 시작되었다. 이보다 경험에 어긋나는 사실은 없다. 아무리 생각해봐도 지구는 돌지 않는 것처럼 느껴지기 때문이다. 우주의 본질을 보려면 인간의 모든 상식과 편견을 버려야 한다. 그래서 물리는 인간을 배제한다."

나는 그 차가움이 마음에 드는데? 당연히 인간의 모든 상식과 편견을 버려야 하는 거 아냐? 그게 앞 책에서도 얘기한 과학적 태도고.

물론 그 점에는 엄마도 동의해. 그런데 엄마는 예나 지금이나 인간의 경험과 그 경험이 만들어 낸 맥락에서 동떨어진 것은 잘 이해되지 않더라고. 예를 들어 학교 다닐 때 물리 시험에 '진공 상태에서', '마찰 계수를 0이라 했을 때', '자동차가 등가 속도 운동을 한다고 했을 때' 뭐 이런 구절이 나오는 문제를 보는 순간 멘붕이 오는 거야. (웃음) 엄마는 진공 상태를 경험한 바도 없거니와, 현실에서 마찰 계수가 0일 수 있느냐고, 대체.

그리고 등가속도 운동을 하는 자동차는 타 본 적도 없다고.

(웃음) 엄마 너무 웃겨. 그건 어디까지나 그렇다는 가정이지. 조건이 주어져야 문제를 풀 수 있잖아.

그러니까 그 가정이 너무 이상했다니까? (웃음)

그럼 전에 화학을 싫어하다 못해 혐오했다고 했는데, 그것도 비슷한 이유야?

응. 주기율표 주면서 원소 기호를 외우라고 하는데, 일단 원소라는 게 눈에 안 보이잖아? (웃음)

헐~! 눈에 안 보인다고 없는 것은 아니지. 그런 식이면 인간의 마음도 안 보이잖아. 심지어 소설 속 인물은 허구이고. 엄마는 허구적 인물의 보이지 않는 내면을 추측하기 좋아하는 사람이면서, 그런 사람이 눈에 보이지 않는다는 이유로 원소에 거부감을 느꼈다는 게 말이 돼?

인간의 심리는 경험과 현실의 맥락에 딱 붙어 있잖아. 살다 보면 자연스레 알고 이해하고 공감하게 되고.

하…! 나는 여기서 엄마가 '내추럴 본 문과'라는 걸 새삼 실감하게 되네. (웃음) 그런데 이 책은 어떻게 끝까지 읽었어?

이런 지경인데도 재밌게 읽었다는 거 아니냐. 물론 다 이해한 건 아니지만. 특히 양자 역학은 이번에도 읽으면서는 끄덕끄덕했는데 설명해 보려고 하니 못하겠는 걸 보면 역시나 온전히 이해하진 못했나 봐. 양자 역학에 대해서 이번이 몇 번째 시도

이고 몇 번째 좌절인지 모르겠어. 그렇지만 나는 리처드 파인만의 말을 들으며 늘 안도하곤 하지. 이 책에도 그의 말이 나와 있잖아. "이 세상에 양자 역학을 정확히 이해하는 사람은 단 한 명도 없다." (웃음)

나도 다 이해하진 못하겠어. 그렇지만 재밌긴 해. 거시 세계는 뉴턴의 고전 역학으로 기술해야 하고, 원자 세계는 양자 역학으로 기술해야 된다는 간결한 정리. 그러니까 우주는 크기에 따라 적용되는 규칙이 다르다는 사실 자체가 재밌어.

오, 그래? 그렇다면 양자 역학에 흥미를 느꼈다는 말이군. 어떤 점에서 흥미를 느꼈는지 궁금해.

양자 역학에서는 물체가 어떤 상태에 있는 것과 우리가 그 사실을 아는 것이 분리된다고 하잖아. 측정 이전에 원자의 위치는 존재하지 않으며 우리가 원자에 대해서는 미래를 예측할 수 없다는 것. 이걸 구체적으로 설명하기에는 내 언어와 지식이 부족한데, 암튼 이런 점이 흥미로워. 다른 이야기지만 빅뱅 이론에서도 왜 우주가 한 점에서 시작해 팽창해 왔는지 이유는 모른다고 하잖아. 아무것도 없는 빈 공간에 어느 날 '꽝!' 하고 우주가 나타난 게 아니라, '꽝' 하는 소리와 '빈 공간이 존재한다는 개념조차 빅뱅과 함께 생겨났다고. 그러니까 '존재하지 않는다', '예측할 수 없다', '모른다'는 결론에서 과학의 힘을 느낀다고 할까. 인간의 상식과 편견을 걷어 내야만 이런 결론에

도달할 수 있을 것 같거든.

오오! 비주야, 너 오늘 좀 멋있다. (웃음) 그럼 가장 재밌게 읽은 챕터가 원자와 양자 역학 부분이야?

가장 재밌게 읽은 챕터는 카오스와 엔트로피야. 내가 제대로 이해했는지는 모르겠지만, 책을 읽으니 개념도 잘 이해되고.

아! 과알못인 엄마도 카오스와 엔트로피는 저절로 이해가 돼. 이건 엄마의 현실과 밀착된 개념이거든. 매일 청소하다 보면 아주 자연스럽고 뼈저리게 느끼게 되지. 가만히 놔두면 우리 집은 열역학 제2법칙에 따라 엔트로피가 미친 듯이 증가해. 무질서가 증가하면서 끝도 없이 어질러지고. 게다가 그 어질러짐은 예측 불가능한 혼돈, 카오스 자체야.

(웃음) 정말 그러네. 엄마는 어떤 챕터를 가장 재밌게 읽었어?

환원주의와 창발주의. 꼭 물리뿐 아니라 세상을 바라보는 방식과도 연결되어 있으니까. 좀 거칠게 요약하자면 전체를 가장 작은 부분으로 쪼개고 쪼개서 분석하다 보면 전체를 알 수 있다는 시각이 환원주의고, 전체는 부분으로 나눈다고 해서 알 수 없다는 주장이 창발주의잖아. 너는 어느 쪽이야?

나는 환원주의가 만능은 아니더라도 일단 환원주의적인 태도가 중요하다고 생각해. 지금의 과학이 이 수준에 올라올 수 있었던 것도 그런 태도 덕분인 듯하고. 환원주의적 태도가 없었다면 원자니 쿼크니 하는 것들을 어떻게 알아낼 수 있었겠어?

그렇지만 엄마는 창발주의에 끌릴 것 같긴 해. 왜냐고? 엄마는 문과니까! (웃음)

(웃음) 맞아. 환원주의적 태도를 무시할 수는 없겠지만 내 기본 관점은 창발주의야. 인간이란 결코 원자의 결합이 아니라는 말이지. 물리학 관점에서 보면 인간의 몸이 7 뒤에 0이 27개 붙은 원자의 수로 기술될 수 있겠지만, 저자 말마따나 아무리 원자 각각을 들여다본들 소화 불량이 뭔지 알아낼 방법은 없어. 과알못인 엄마가 이 책을 재밌게 읽은 이유 역시 환원주의로는 절대 설명할 수 없고.

나는 "우주에 인간이 생각하는 그런 의미는 없다"라는 말도 정말 와닿았어. 지구가 태양 주위를 도는 것은 기쁜 일도 슬픈 일도 아니고 아무 의미 없이 법칙에 따라 그냥 도는 것뿐이며, 진화에도 목적이나 의미는 없다는 말.

그렇지만 저자가 그 말 뒤에 덧붙이잖아. 그럼에도 인간은 의미 없는 우주에 의미를 부여하고 사는 존재라고. 그게 상상의 산물에 불과할지라도 그렇게 사는 게 인간이라고. 그렇기에 우주보다 인간이 경이롭다고.

물론 그렇지. 그런데 나는 희한하게도 우주에 의미가 없다는 것이 위로랄까? 암튼 그런 느낌을 주더라고. 그 부분을 읽는데 갑자기 '천지불인(天地不仁)'이라는 말이 떠올랐어.

엥? 그건 노자의 『도덕경』에 나오는 말인데 어떻게 알았어?

학원 영어 선생님이 수업 도중에 가끔 이런저런 얘길 하시거든. 얼마 전에 선생님께 들은 말이야. 하늘과 땅은 어진 마음으로 만물을 생기게 하고 키우는 것이 아니라, 그저 자연 그대로 맡길 뿐이라는 말이잖아. 하늘과 땅에 있지도 않은 의미를 부여하는 건 인간인데, 정작 하늘과 땅은 인간에게 관심이 없는 것 같아.

그 말이 왜 너에게 위로를 주었을까?

그냥 그렇게 봐야만 이해하고 받아들일 수 있는 일이 많이 벌어지니까. 착한 사람에게 견디기 힘든 불행이 닥치는 일 같은 것 말이야.

그랬구나. 이 책에서도 양자 역학을 동양 철학과 연관시켜 이야기하긴 하지만, 의미 없는 우주에서 천지불인을 떠올렸다니 엄마는 좀 놀라운데? 갑자기 네가 이 책의 저자처럼 글을 잘 쓰는 물리학자가 됐으면 좋겠다는 바람이 생기는군.

헐~. 엄마! 물리학자가 되는 것도 겁나 어렵고 글을 잘 쓰는 것도 겁나 어려운데 무슨 그런 욕심을 내?

(웃음) 누가 욕심인 줄 몰라서 하는 말이냐? 그냥 꿈이라는 거야, 꿈. 꿈은 본래 크게 품는 거라고.

크게 품든 말든 엄마 자유이지만, 나한테 강요는 하지 마.

쳇! 엄마가 언제 너한테 강요한 적이나 있어? 그리고 강요한다고 네가 들을 놈이냐?

『23』

협력만이 인류를 구원할지니

『다정한 것이 살아남는다』(브라이언 헤어·버네사 우즈)

진화인류학자 브라이언 헤어와 버네사 우즈가 쓴 이 책의 본래 제목
은 'Survival of the Friendliest'다. 이는 그 유명한 찰스 다윈의 'Survival
of the Fittest(적자생존)'라는 표현을 살짝 변형한 것으로, 저자들은 이 책
에서 여러 실험과 사례를 바탕으로 '최적자'가 아닌 '최고로 친화력이
강한 존재'가 살아남았다는 주장을 펼친다.

두 저자는 멸종 위기에 놓인 늑대와는 대조적으로 같은 조상에서 갈
라져 나온 개가 성공적인 번식을 통해 개체 수를 늘려 갈 수 있었던
이유, 공격적인 침팬지보다 싸움을 싫어하는 성향의 보노보가 더 성공
적으로 번식할 수 있었던 이유, 신체적으로 여러 면에서 우월했던 네
안데르탈인이 아닌 호모 사피엔스가 결국 생존의 최종 승자가 될 수
있었던 이유를 바로 '친화력'에서 찾는다. 호모 사피엔스는 더 많은 적

을 정복했기 때문에 살아남은 것이 아니라 더 많은 친구를 만듦으로써 살아남을 수 있었던 것이다.

저자들은 이 친화력이 진화의 근원이라는 점을 설명하기 위해 '자기 가축화(self-domestic)' 가설을 제시한다. 가축화란 애착과 접촉을 좋아하고, 공감과 협력 능력이 뛰어나며 다정하고 친절한 기질로 변화하는 것이다. 따라서 자기 가축화란 말 그대로 야생의 동물이 '스스로' 인간과 함께 사는 가축이 되는 현상으로, 대표적인 자기 가축화 동물로는 개가 있다. 그런데 여기서 중요한 사실은 자기 가축화한 포유류 중 대표적인 종이 바로 인간이라는 점이다. 인간은 스스로 가축이 되었고, 사실상 가장 높은 수준의 가축화를 이룬 종이다.

저자들은 이러한 친화력의 밝은 면뿐만 아니라 어두운 면까지 짚어낸다. 인류의 문제는 이 친화력이 오직 내 편(내집단)에게만 향한다는 점이다. "우리는 지구상에서 가장 관용적인 동시에 가장 무자비한 종이다"라는 저자의 지적은 인류가 '우리', '내 편(내집단)'과 '저들', '적(외집단)'을 빠르게 구분하여 외집단을 쉽게 혐오하고 비인간화하는 속성을 요약한다.

저자들은 그 해결책으로 잦은 교류와 접촉을 제안한다. 교류와 접촉만이 맹목적인 혐오를 줄일 수 있기 때문이다. "진화라는 게임에서 승리하는 이상적 방법은 협력을 꽃피울 수 있게 친화력을 극대화하는 것"이다.

네가 처음으로 완독한 진화 생물학 분야의 책인데 어땠어?

엄마가 재밌다며 막 읽어 보라고 설득해서 끝까지 읽긴 했는데, 솔직히 나는 진화 생물학에 큰 관심이나 흥미가 생기지 않아. 군이 비교하면 물리학이 훨씬 재밌어.

그래? 엄마는 그 반대인데. 엄마는 과학의 모든 분야 중에서 진화 생물학이 가장 재밌거든. 어쩌다 인류는 지금 이 모습을 하게 됐을까 궁금하지 않아?

궁금하지 않은 건 아니지만, 그게 뭐 그리 중요한 문제인가 싶어. 이를테면 물리학은 엄청난 기술 진보를 이루어 냈잖아. 그런데 어떻게 진화하여 지금 인류가 됐는지를 안다고 해서 뭐 크게 달라지는 게 있어? 지적 호기심을 충족하는 쾌감은 줄 수 있겠지만.

그건 효용성이라는 개념을 너무 좁게 보는 게 아닐까? 뭐, 그 얘기를 본격적으로 하자면 말이 너무 길어질 테니까 다음에 기회가 생길 때 하기로 하고, 이 책 이야기만 해 보자. 암튼 너는 그래서 이 책이 별로였어?

아니, 그렇지는 않았어. 이 책을 읽고 나서 그동안 내가 빠져 있던 편견이랄까 고정 관념이랄까, 암튼 그런 게 깨졌다고 할까? 뭐, 그런 소득은 있어.

그건 책이 독자에게 주는 가장 큰 선물인데! 어떤 고정 관념이 깨졌는지 궁금하네.

내가 진화에 별로 관심이 없어서 그랬는지 모르겠지만, 나는 그동안 치열한 경쟁에서 이긴 강한 존재들이 살아남아 쭉 이어져 온 걸 진화라고 알고 있었거든. 그런데 이 책의 주장을 한 문장으로 요약하면 '인류는 힘센 자가 아니라 다정하고 협력적인 자가 살아남아 진화했다'는 거잖아.

맞아. 그런데 그 주장이 진화 생물학에서는 특별히 새로운 것은 아냐. 예전부터 꾸준히 제기된 학설이거든. 이 책의 미덕은 바로 그 주장을 뒷받침하기 위해 제시한 가설과 그것을 검증하는 여러 방식, 논지를 강화하기 위해 끌어온 사례가 풍부하고 참신하면서 흥미롭다는 점 같아.

자기 가축화 가설은 나도 흥미롭더라고. 인간이 야생 늑대를 개로 길들인 게 아니라 늑대 중 일부가 '스스로' 가축화해서 인간과 친화적으로 살면서 안전하게 생존하는 길을 '선택'했다는 말이잖아.

게다가 그렇게 자기 가축화한 대표적인 동물이 인간이라는 거고. 인간은 스스로 다정하고 친밀한 기질을 발달시켜 협력하면서 생존하는 길을 '선택'했고, 그것이 곧 진화의 과정이라는 말이지.

아! 네안데르탈인의 두뇌 크기가 지금 인류보다 더 컸다는 사실도 놀라웠어. 나는 지금 인류의 뇌가 당연히 더 클 거라고 추측했거든. 그런데 지금 인류보다 더 힘세고 뇌도 더 컸던 네안데르탈인은 멸종하고 지금 인류만 살아남았다니.

 이와 관련해서 전에 『파리대왕』 이야기를 할 때 잠깐 언급한 『휴먼카인드』라는 책 있잖아? 그 책을 쓴 저자가 재밌는 비유를 했어. 네안데르탈인이 초고속 컴퓨터라면 지금 인류는 구식 PC인데, 단! 와이파이를 이용할 줄 알았다고. 네안데르탈인이 10~15명 정도의 무리만 짓는 동안 호모 사피엔스는 더 규모가 큰 무리를 이루며 협력할 줄 알았다는 거지.

와이파이! (웃음) 재밌는 비유네. 엄마는 어떤 점이 흥미로웠어?

가축화를 보여 주는 흔적 중 가장 극적인 것이 외모 변화라는 것! 이 책에서 가축화한 동물들의 비주얼 특징으로 열거된 것들, 그러니까 탈색, 펄럭이면서 작아진 귀, 짧은 주둥이와 작은 이빨 등등. 그리고 이런 특징이 가축뿐 아니라 호모 사피엔스에게도 그대로 적용된다는 것. 다른 영장류나 네안데르탈인 등 멸종한 다른 인류는 호모 사피엔스에 견주어 얼굴이 길고 눈썹활(眉弓)이 돌출해 있는데, 이런 얼굴은 상대적으로 남성적이고 노안(老顔)인 느낌을 주지. 말하자면 호모 사피엔스는 이들보다 확실히 동안에다 여성적인 얼굴이고. 그 대목을 읽을 때는 '아, 관상은 진정 과학인가!' 싶더라니까. (웃음)

 아니, 지금 과학책 가지고 이야기하면서 그런 비과학적 태도를 보이십니까! (웃음)

(웃음) 물론 관상을 맹목적으로 믿어선 안 되겠지만 살다 보면 아주 무시할 수도 없다는 거지. 이것 말고도 다른 영장류에게는 없고 오로지 인간에게만 있는 하얀 공막(눈의 흰자위)을 설명한 대목이 엄마는 감탄이 나올 만큼 재밌더라고. 다른 영장류는 색소가 공막을 짙게 만들어 홍채와 뒤섞여 보이기 때문에 그들이 무엇을 보는지, 또 어디를 보는지 알아차리기 어려운데, 인간은 공막이 하얗고 눈의 형태도 아몬드 모양이라 시선을 조금만 움직여도 무엇을 보는지 알아차릴 수 있게 됐다는 내용.

아! 나도 그 대목 재밌게 읽었어. 그건 사람이 태어나는 순간부터 눈 맞춤에 의존해서 살아가기 때문이고, 사람의 눈은 협력적 의사소통에 최적화하도록 설계됐기 때문이라고. 좀비 영화를 보면 좀비가 되는 순간 눈부터 이상해지는 장면이 떠오르면서 확 설득되더라고.

그런데 여기서 이런 질문을 던지지 않을 수 없지. 이토록 다정하고 친절하게 진화한 인류가 왜 그렇게 같은 인류를 잔인하게 학살할 수 있었는지. 이 문제에 대해서는 이 책의 저자들뿐 아니라 많은 학자들이 비슷한 답을 내놓고 있어. 인류는 이 다정한 관용을 오로지 '내 편(내집단)'으로만 쏠게끔 진화했다는 것. 내 편이 아닌 집단(외집단)에게는 무자비할 정도로 잔인한 것이 인간인데, 심지어 이 다정함과 잔인함을 관장하는 뇌 부

위가 똑같다는 거야. 인간은 내 편이 아니라고 판단한 이들을 너무나도 쉽게 혐오하고 더 나아가 '비인간화', '악마화'해 버리는 잘못을 저질러 왔고, 지금도 거기에서 자유롭지 못하지.

그러게. 『죽음의 수용소에서』 같은 책을 읽다 보면 어떻게 인간이 인간에게 그럴 수 있었을까 싶어.

그런데 정말 슬픈 사실은, 그렇게 비참하게 당했던 유대인들이 나중에 팔레스타인에 사는 아랍인들에게 똑같은 짓을 했다는 거야. 무려 2천 년 전에 자기 조상들이 살았던 땅이라면서 이제 와 되찾겠다는 얘기도 너무 황당한데, 1948년에 유엔을 통해 영토를 분할받은 뒤에는 거기에서 살고 있던 아랍인들을 어린아이들까지 마구 학살했어. 자신들이 나치에게 당한 '인종 청소'를 아랍인들을 상대로 저지른 거야. 지금도 팔레스타인 지역은 준전시 상태지. 다른 점이 있다면 아우슈비츠는 기록이 많이 나오고 유대 자본에 의해 영화로도 꾸준히 만들어지지만, 팔레스타인 아랍인들의 고통은 제대로 알려지지도 않는다는 거야. 예전에 팔레스타인 문제를 다룬 책을 읽고 며칠 동안을 우울해한 적도 있었어. 책을 추천해 줄 테니 너도 나중에 기회가 되면 한번 읽어 봐. 화가 나고 슬프더라도 많은 사람들이 알아야 할 진실이니까.

흠…. 그렇다면 인류에게 희망이 있는 거야? 이 책에서는 잦은 교류와 접촉을 통해 문제를 해결할 수 있다고 하는데, 나는 솔직히 잘 모르겠어. 엄마는 어떻게 생각해?

솔직히 말하면 엄마도 이 책에서 나름 해결책이라고 제시하는 사회적 해법이 다소 뻔하고 상식적인 수준으로 느껴져. 교류와 접촉이라는 것은 몰라서 못 하기도 하지만, 설령 안다고 해도 실천이 힘든 거니까. 하지만 '그럼에도 불구하고' 엄마는 이 책에서 희망을 봤어.

그래? 어떤 희망?

당장 오늘 뉴스만 보면 이 나라가 바로 망할 것 같고 이 세상 인류가 다 멸종할 것 같을 때가 있지. 그렇지만 좀 더 긴 역사적인 시각에서 보면 인류의 잔인함과 폭력성은 점점 줄어들었어. 그 점에 관해서는 이 책에서도 얘기하고 있잖아. 예컨대 아동 학대 뉴스가 나오면 뉴스를 보거나 읽는 것만으로도 너무 괴로워. 인간 자체가 싫어지면서 세상이 대체 어떻게 되려고 이러나 싶지. 하지만 분명히 말할 수 있는 사실은, 아동 학대가 가깝게는 엄마 어렸을 때와 비교해도 많이 줄었다는 거야. 그때는 알려지지도 않았을 뿐이지. 폭력에 대한 민감도 역시 그땐 훨씬 떨어졌고. 지금 같으면 당장 형사 처벌받아야 마땅할 교사들이 학교에 수두룩했어. 학생들은 그런 선생들에게 무방비 상태로 인권을 유린당했고. 여성이나 장애인의 인권 수준은 지금보다 형편없었지. 그래서 엄마는 '옛날이 좋았지' 같은 태도를 아주 경멸해.

하긴 나도 과거를 무작정 미화하는 건 정말 별로야. 암튼, 그래서 엄마는 이 세상이 앞으로 점점 평화로워지리라고 생각해?

그건 엄마도 모르지. 다만 인류가 덜 폭력적이고 덜 잔인한 방향으로 걸어왔다는 사실과 함께 내집단을 점점 확장해 왔다는 사실이 주목할 만하지. 처음엔 기껏해야 수십 명 부족이 내집단이어서 옆 마을 부족과 죽고 죽이면서 싸우기도 했잖아. 그러다가 그 규모를 국가 단위로, 더 나아가 국가 이상의 단위로 넓혀 왔지. 물론 역사에는 퇴행과 반동이 있어서 암울한 일이 벌어지기도 해. 그렇지만 큰 흐름은 이 책의 표현을 그대로 빌리자면 "우리 종이 살아남고 진화하기 위해서 우리의 정의를 확장"해 왔다는 거지. 물론 앞으로 더 확장해야겠고. 기후 위기 문제나 전염병 문제는 전 인류 차원에서 협력하지 않으면 답이 나오지 않으니까. 공멸하지 않으려면 협력할 수밖에 없어.

흠…, 분명 과학책을 읽었는데 결론이 뭔가 사회책 느낌으로 끝나는군.

(웃음) 그래서 엄마가 진화 생물학을 좋아해. 진화를 얘기하다 보면 어쩔 수 없이 심리학이나 사회학이랑 연결되게 마련이니까. 전에도 말했다시피 엄마는 눈에 보이지 않는 원자보다 눈에 보이는 인간에게, 그 인간들이 모인 사회에 더 관심이 많거든!

그렇겠지. 엄마는 문과니까! (웃음)

『**24**』

너는 어느 별에서 왔니!

『코스모스』(칼 세이건)

1980년에 천체 물리학자 칼 세이건이 발간한 이 책은 20세기에 나온 최고의 대중 과학서라고 평가받는 고전이다. 이 책을 한마디로 요약하면 '우주와 생명 진화의 대하드라마'라고 할 수 있다. 빅뱅이라 불리는 우주의 대폭발부터 시작해 은하와 별이 탄생하고, 핵융합을 통해 무거운 원소가 합성해 초신성이 폭발하고 지구형 행성이 성장하는 과정, 그 지구에서 생명이 탄생하는 순간부터 인류가 진화해 지금과 같은 과학 기술 문명을 이룩하기까지 유구하고도 방대한 시공간을 아우르는 내용이 펼쳐진다.

　더불어 외계 생명체 존재 여부에 대한 진지한 탐색과 추정, 화성·목성·금성 같은 태양계 행성에 관한 상세한 소개와 탐사로 알게 된 지식 소개, 고대 그리스 과학자들에서 시작해 케플러와 뉴턴을 거쳐 아

인슈타인에 이르기까지 여러 과학자들의 업적에 관한 설명 등이 천문학과 물리학뿐 아니라 생물학·신화·역사 등 다양한 분야를 아우르는 저자의 해박한 지식을 바탕으로 서술되어 있다.

먼저 우리 둘 다 이 책을 완독한 걸 자축하자! 엄마는 이 책을 대학 다닐 때 처음 읽었고 이번에 무려 25년 만에 다시 읽었지만, 사실상 처음으로 완독한 느낌이야. 읽느라 시간은 많이 걸렸어도 다 읽고 나니 감격스러울 정도라니까. 사실 너에게도 적극 권하고 싶었지만 워낙 분량이 많은 책이라 네가 부담스러워할까 봐 망설였거든? 그런데 오히려 네가 먼저 이 책으로 이야기해 보자고 제안해서 엄마는 내심 놀랐어. 왜 읽고 싶은 마음이 들었는지 궁금해.

사실 꼭 완독해야겠다는 의지 같은 건 없었어. 그냥 책꽂이에 계속 있어서 한번 들춰 봤더니 지구에서 80억 광년 떨어진 곳, 그러니까 우주의 중간쯤에서 지구까지의 여정을 묘사한 내용이 1장 초반부에 나오는 거야. 그 대목을 읽는데 마치 스케일이 거대한 동영상을 보는 기분이었어. 정말 지구는 우주의 변두리 중의 변두리인 거지. 여기에 꽂혀서 끝까지 읽어 봐야겠다는 마음이 들었어.

오오, 그랬구나. 엄마도 그 부분 서술이 참 멋지더라. 그나저나 내용이 워낙 방대하니 얘기를 어디서부터 꺼내야 하나. 아무래도 가장 혹할 만한 주제인 외계 생명체 이야기부터 해 볼까? 실제로 칼 세이건은 외계 생명체에 관심이 엄청 많았던 것 같아.

 그렇더라고. 일단 원인과 결과를 혼동하면 안 된다고, 그러니까 지구가 생명체가 살기에 적합한 곳이어서가 아니라 어디까지나 지구 생명체가 지구 환경에 맞게 진화했기 때문에 지구에 생명체가 살고 있는 거라고 딱 정리한 뒤에 이야기를 시작하잖아. 다른 행성이라면 지구 생명체와는 완전히 다른 종과 형태일 거라고. 내가 생각해도 외계 생명체는 우리가 상상할 수 없는 비주얼일 것 같긴 해. 지구 같은 고체형 행성이 아니라 목성 같은 기체형 행성에서 살 만한 생명체를 상상해 보는 부분도 재밌고, 지구 문명권과 교신이 가능한 고등 문명권이 은하수 은하에 몇 개나 있을지 추정하는 내용도 재밌었어.

 엄마도 거기에 포스트잇 붙였어. 그 추정은 비록 칼 세이건이 아니라 그의 동료 교수가 만든 방식에 따라 이루어진 거지만. 은하수 은하 안에 있는 별들의 총수, 행성계가 있는 별들의 비율 또는 행성계를 동반할 확률, 주어진 행성계에서 생명이 서식할 수 있는 여건을 갖춘 행성들의 평균 개수, 생명이 실제로 탄생할 수 있었던 행성들이 차지하는 비율 또는 생명이 탄생할 확률, 태어난 생명이 지적 능력을 갖출 수 있기까지 진화

할 확률, 지적 생물이 우리와 교신할 수 있을 만큼 고도의 기술 문명으로 진화할 확률, 행성의 수명에서 고도 기술 문명의 지속 기간이 차지하는 비율, 이 일곱 가지를 모두 곱해서 나온 결론이 무려 100만 개라고.

그런데 그다음 말이 허탈하기도 하고 웃기기도 했어. 만약 100만 개의 외계 문명이 우리 은하에 골고루 흩어져 있다면 외계 문명 사이의 거리는 평균 200광년이므로 외계 문명과의 통신에는 적어도 400년이 걸린다잖아! (웃음)

(웃음) 뭐, 그런 거지. 그러나저러나 저자는 인류와 통신할 수 있는 외계 문명과 지적 생명체를 탐색하는 데 진심이었고 그들이 있다면 소통할 수 있으리라고 믿었어. 수학과 과학이라는 우주 공통의 언어가 있고, 자연의 법칙은 우주 어디를 가든 똑같으니까. 뭐, 이런 대목을 읽다 보면 왜 젊은 과학자들이 어릴 때 이 책을 읽고 과학자의 꿈을 키웠다고 하는지 이해가 되더라.

나는 외계 생명체보다는 별과 우리가 연결되어 있다는 점에 더 흥미가 가더라고. 내가 생각하는 이 책의 하이라이트는 9장 '별들의 삶과 죽음'이야. 별 내부에서 만들어진 원소들과 초신성 폭발 때 합성된 원소들이 포함된 성간운에서 다음 세대의 별들이 탄생한다는 것, 우리를 구성하는 원소들은 모두 별 내부에서 만들어졌다는 것, 지구상에 존재하는 모든 생명체는 생명체를 구성하는 물질을 우주에서 공급받았을 뿐만 아니라 살아가는 데 필요한 에너지도 우주에서 공급받는다는 것.

그러니까 이걸 보면 '너는 어느 별에서 왔니'라는 말이 오글거리는 문학적 레토릭이 아니라 매우 과학적인 질문이지. (웃음)

(웃음) 정말 그러네?

그런데 갑자기 궁금한 것. 네가 아까 '지구는 우주의 변두리 중의 변두리'라는 사실에 꽂혀서 이 책을 끝까지 읽고 싶어졌다고 했잖아. 정확히 어떤 포인트에 꽂힌 거야?

요약하면 이거야. 지구가 이럴 것이다, 더 정확히 말하면 이래야 하고 이랬으면 좋겠다는 인간의 욕망에서 완전히 벗어나 지구와 우주 자체를 있는 그대로 봤으니까. 지구와 지구인이 우주에서 특별한 존재가 아니라는 사실을 깨달은 과학자들이 이미 기원전부터 있었어. 그 고대 과학자들이 우주의 정돈된 질서를 '코스모스'라고 일컬었고. 그런데 그 후에 우주와 지구를 신이 창조했다는 황당하고도 맹목적인 믿음 때문에 과학은 진보는커녕 오히려 심하게 퇴보했잖아. 다행히 나중에 회복해서 많은 발전을 이루어 내긴 했지만. 잃어버린 그 2천 년이 너무 아까워.

이 대목이 하도 좋아서 포스트잇을 붙였어. 과학자의 임무는 우주의 중심에서 인간을 한 걸음 뒤로 물러서게 하는 것이라고 말하는 부분. 우리가 코스모스를 상대하려면 코스모스를 이해하는 게 먼저래. 자기가 서 있는 곳을 바르게 이해하는 것이 주위 환경을 개선하기 위한 필수적인 전제 조건이기 때문이라고. 또 우리 외부 세계의 모습을 알아 가는 게 현재 우리 처지를 나아지도록 만드는 데 결정적인 도움을 줄 수 있다고 해. 지구가 우주에서 중요한 행성으로 남길 바란다면 우리가 지구를 위해 할 수 있는 일을 찾아야 한다는 말도 좋았어.

아, 엄마도 정말 좋아서 따로 타이핑한 내용이 있는데 방금 네가 읽은 대목과 연결되는 것 같다. 용기에 관한 이야기였어. 진정한 용기는 자기의 편견이 드러나더라도, 또 찾아낸 결과가 자기가 처음에 품었던 희망과는 근본적으로 다른 모습일지라도 코스모스를 끝까지 탐구하여 그 신비를 밝혀내려는 사람들의 것이라는 부분이야.

지구에서 과학을 하는 생명체는 우리 인간뿐이잖아? 인류의 과학 능력은 자연 선택을 통해 대뇌피질에 각인된 진화의 산물이라고 할 수 있지. 생존에 도움이 되었으니까. 그렇지만 너도 알듯이 과학은 완벽하지 않아. 언제라도 오용될 가능성이 있지. 저자는 과학만이 가진 특성을 강조하는데, 그건 바로 과학이 자기의 오류를 스스로 고칠 수 있다는 거야. 또 과학은 다른 모든 분야에 적용할 수도 있지. 그래서 과학은 도구일 뿐이지만 우리가 쓸 수 있는 가장 훌륭한 도구라는 거야. 이때 저자가 두 가지 규칙을 힘주어 말해. 과학에는 신성불가침의 절대 진리도, 권위에 근거한 주장도 설 자리가 없고, 사실과 같지 않은 주장은 모두 폐기하거나 수정해야 한다고. 우주는 있는 그대로 이해되어야지, 자신이 원하는 대로 이해해서는 안 된다는 말이 정말 좋았어.

그 대목, 거의 끝부분에 나오지? 나도 좋았어. 그런데 이건 좀 뜬금없는 질문이지만, 엄마는 신이 있다고 믿어?

뜬금없지는 않은데 좀 무겁고 어렵고 민감한 질문이긴 하다. 참고로, 엄마는 10년 넘게 냉담 중이지만 세례를 받은 가톨릭 신자인데 솔직히 잘 모르겠어. 그러니 대답은 보류할게. 그러는 그대는 무신론자인가요? (웃음)

이게 좀 애매한 게, 신이 있다고 믿지는 않는데, 무신론은 신이 없다고 믿는 거잖아? 난 없다고 믿지도 않거든. 신이 있다는 것도 없다는 것도 둘 다 증명할 수 없잖아?

그럴 때 쓸 수 있는 말이 있지. 불가지론자.

오오, 그거 좋다. 난 불가지론자야. 그리고 또 궁금한 점이 있어. 엄마가 이 책을 25년 전에 읽었다고 했잖아. 그때 왜 읽었어? 엄마는 문과인데! (웃음)

그때 갑자기 무슨 바람이 불었는지 물리학과에서 개설한 어떤 교양 과목을 수강했는데, 담당 교수님이 이 책을 읽고 리포트를 내라고 했거든.

그래? 리포트 잘 써서 학점 잘 받았어?

학점은 나쁘지 않았어. 국문과 학생이 수강 신청 했다는 점에서 교수님이 '정상 참작'을 해 주셨거든. 책의 내용을 간단히 요약하고 자기 의견을 덧붙이는 리포트였는데, 그걸 읽고 교수님이 적어 준 코멘트가 지금도 기억나.

 뭐라고 적혀 있었는데?

 "대체 이 글에 과학이 어디 있지? 그런데도 글은 꽤 재밌군."

 푸하하하! 어떤 느낌의 글인지 대충 알 것 같고요.

암튼 네 덕분에 이 책을 다시 읽을 수 있어서 고맙고 행복해. 네가 읽겠다고 하지 않았으면 엄마는 다시 읽어 볼 엄두를 내지 못했을 거야. 아까 엄마가 감격스럽다고 한 이유는 이 책을 너와 함께 읽고 이렇게 이 책을 놓고 이야기할 수 있어서야. 사실 엄마는 25년 전에 두 번째 사춘기랄까, 뭐 그런 시기여서 마음이 힘들었거든. 학교는 꾸역꾸역 다녔지만 아무한테도 말하지 않았는데, 삶의 의미를 찾지 못해 매사가 심드렁하고 헛헛했어. 만약 지금의 내가 이 책을 머리 싸매고 읽고 있던 그때의 나를 만날 수 있다면 말해 주고 싶어. "너는 지금 결혼이라는 제도 자체에 회의적이지만 결혼을 하고 아들도 딸도 낳는단다. 그리고 25년 뒤에 네 아들과 이 책을 놓고 대화하는 멋진 경험을 할 테니 기대하렴."

칼 세이건은 이 책을 아내 앤 드루얀에게 바쳤잖아. 광막한 공간과 영겁의 시간 속에 당신과 같은 행성, 같은 순간을 공유할 수 있었던 게 자기에겐 기쁨이었다고 말하면서. 엄마는 이 말이 왜 이렇게 울컥하냐. 마찬가지로 너와 나는 이 광막한 공간과 영겁의 시간 속에서 엄마와 아들이라는 엄청난 인연으로 만났어. 이 책에 이런 말도 나오지. 코스모스의 어느 한구석을 무작위로 찍는다고 했을 때, 그곳이 운 좋게 행성 바로 위나 근처일 확률은 10의 마이너스 33제곱이라고. 그걸 생각하면 이 모든 일이 기적이야.

 (웃음) 아니, 왜 갑자기 이런 낭만적인 분위기를 연출하시는 거죠? 당황스럽게. 나도 이 책을 끝까지 읽어서 뿌듯하긴 해. 나중에 좀 더 지식이 쌓이면 다시 읽고 싶어. 한마디로 멋진 책!

읽은 것은 책인데
보인 것은 나

엄마가 이러이러한 기획으로 책을 쓸 예정인데 동의하느냐고 물었을
때, 저는 별생각이 없었습니다. 책 읽고 대화만 나누면 게임 시간이 더
생기니 거절할 이유도 없었죠. 그런데 중3 겨울 방학이 시작되고 원고
마감이 가까워지자 엄마의 본격적인 재촉이 시작됐습니다. 계약은 엄
중한 것이라고 협박(?)하며 시간이 이렇게 많은데 대체 뭐 하느라 아직
도 안 읽었느냐는 잔소리가 쏟아졌습니다. 그럴 때는 살짝 짜증 나기
도 했지만 귀찮음을 이기고 막상 읽기 시작하면 책은 재미있었습니다.

지금 생각해 보니 독서로 얻은 가장 큰 소득은 저 자신을 더 잘 알
게 되었다는 것입니다. 원고를 읽어 봤더니 솔직히 어떤 책은 벌써 내
용이 가물가물할 지경인데도 신기하게 당시의 감정만큼은 떠올랐습니
다. 책을 읽으며 저의 호불호도 알게 되었습니다. 저는 강렬한 감정보

다는 냉정한 균형에 더 끌리는 사람입니다. 그래서 사실을 있는 그대로 보고자 하는 과학적 태도가 좋습니다. 오늘날의 인류를 만든 힘은 바로 그 태도이며 앞으로도 인류와 지구를 지킬 희망일 것 같습니다.

여기 실린 책 24권은 저도 대체로 재밌게 읽었습니다. 책에 따라 더 재밌고 덜 재밌고 정도의 차이는 있겠지만요. 특히 맨 마지막에 실린 칼 세이건의 『코스모스』는 나중에 다시 읽고 싶습니다. 어디까지나 저 혼자만의 착각일 수도 있겠지만, 『코스모스』를 읽기 전과 읽은 후의 저 자신이 아주 약간은 다른 사람처럼 느껴집니다.

갑자기 이런 말은 좀 쑥스럽지만, 저를 낳아 길러 주신 부모님께 감사합니다. 부모님께서는 저를 '적당히 자유롭게' 해 주셔서 편하고 좋습니다. 엄마가 이번 책을 내며 저를 많이 알게 됐다고 하셨는데, 저도 엄마를 더 잘 알게 된 것 같습니다. 엄마는 날카로우면서도 따뜻한 사람이고, 그래서 글을 쓰는 사람이 되지 않았을까 싶습니다.

저는 중학생 때 학원을 많이 다니지 않아서 시간이 꽤 있는 편이었고, 그 덕분에 책도 읽을 수 있었습니다. 고등학생이 되니 중학생 때보다 학원에 있는 시간이 길고 해야 할 숙제가 많아 책 읽을 시간이 충분하지 않네요. 읽을 수 있을 때 좀 더 읽어 둘걸 그랬습니다.

2022년 초가을,
김비주 씀

집 나간 독서력을 찾아줄 24편의 독서담

책 읽기는 귀찮지만 독서는 해야 하는 너에게

초판 1쇄 펴낸날 | 2022년 9월 26일

지은이 | 김경민 김비주
그린이 | 임지이
펴낸이 | 홍지연

편집 | 홍소연 고영완 전희선 조어진 서경민
디자인 | 전나리 박해연
마케팅 | 강점원 최은 이희연
경영지원 | 정상희
인쇄 | 에스제이 피앤비

펴낸곳 | (주)우리학교
출판등록 | 제313-2009-26호(2009년 1월 5일)
주소 | 03992 서울시 마포구 동교로23길 32 2층
전화 | 02-6012-6094
팩스 | 02-6012-6092
홈페이지 | www.woorischool.co.kr
이메일 | woorischool@naver.com

만든 사람들
편집 | 서경민
교정 | 김미경
디자인 | 스튜디오 헤이,덕